한
몸
의

시
간

한
몸의

시
간

조
ㅜ
ㅁ

오
ㅊ
ㅇ

위즈덤하우스

서원에게

엄마가 되고 싶지 않았고

엄마가 되지 않으려 애썼고.

엄마가 되지 않는 것만이

이 세계에서 나를 지키고

온전히 나로 살 수 있는 길이라고 믿었다.

결혼을 한 것만으로 내 삶의 변화는 충분하다고 생각했다.

더 이상의 격정도. 마음 아픔도. 벅참도 원하지 않는다고.

반려동물도 키우지 않고 화분 돌보는 일도 하지 않고.

그저 조용히 읽고 쓰는 일에 둘러싸여 지내겠노라 결심했다.

그런데 마흔 즈음.

변하지 않으리라 믿고 있던 현실에 지각변동이 생겼다.

그 사건은

내게 삶의 모양과 살아가는 방식이 달라질 거라고 일러주었다.

차례

한 몸의 시간으로

이 시기에 대해 기록해두어야겠다고 생각한 건 임신을 확인한 뒤 일주일이 지나서였다.

마음은 복잡하고 써야 할 소설과 읽어야 할 책이 많았지만 임신을 외면한 채 지낼 수도 없었다. 예전의 나와 임신한 상태의 나로 어정쩡하게 나뉘고 분리된 느낌이 불편했다. 그 둘을 다 존중하며 나란히 걸어가고 싶었다. 가장 익숙하고 자연스러운 방식으로 임신한 나의 손을 잡기로 한 뒤 아이와 한 몸으로 지내는 시간에 대해 기록해보기로 했다.

임신으로 인해 깨달음을 얻었다거나 인생의 또 다른 막이 올라갔다는 식으로 호들갑을 떨고 싶은 건 아니었다. 오랫동안 딩크족으로 살아왔고 한 번도 엄마가 될 거라고 생각하지 않았던 사람이 엄마가 되어가며 겪게 될 다양한 변화를 들여다보며 기록해두고 싶었다.

40주의 임신 기간 동안 나는 어떻게 변하고 확장되어갈까. 배 속의 조그마한 아기집이 사람의 모습을 갖춰가는 동안, 임신한 몸이 다양한 징후와 함께 출산을 향해 나아가는 동안, 그걸 겪는 나는(나의 육체와 영혼은) 어떻게 반응하고 적응해나갈지 궁금했다.

그동안 여자이고 딸이고 언니이며 아내였던 내가, 임신을 기다리거나 준비하지 않았던 내가, 임신이라는 배에 탄 뒤 어떤 항해를 하게 될지 알 수 없었다. 그중에서도 가장 궁금한 건 소설을 쓰는 나의 변화였다. 절대적인 시간을 필요로 하며 게으르고 예민한 내가 임신을 통과하며 어떻게 변해갈까. 그게 이 책을 시작하게 된 계기였다. 둥실거리며 흘러가다 어딘가에 도착하는 게 아니라 찬찬히 지켜보며 적어두고 싶었다.

그러니까 엄밀히 말하면 이 글은 태교에 대한 글이 아니다. 좋은 엄마가 되기 위한 준비 과정에 대한 글은 더더욱 아니다. 나인 채로 살아오고 내가 하는 일이 중요한 사람이 엄마가 되어가느라 겪게 될 성장통의 기록에 가까울 것이다.

나는
이런 사람이었지

이상하게 들릴지 모르겠지만 결혼하면서 옆 사람과 나는 아이를 낳지 않기로 결정했다. 합의에 이르는 건 어렵지 않았다. 누구 한 사람의 의견이나 당부가 아니라 둘 다 평소에 갖고 있던 생각이라 마주 앉아 커피를 마시며 고개를 끄덕거렸다. 그리고 10년이 넘도록 의심이나 흔들림 없이 그 약속의 테두리 속에서 살았다.

우리가 그리는 미래에는 마당이 넓은 집에서 아이와 큰 개가 같이 뛰어노는 장면이 없었다. 거기에는 많은 책을 꽂아 둘 수 있는 튼튼하고 커다란 책장과 각자 작업하는 공간, 정갈한 탁자, 길이 잘든 1인용 가죽 소파 같은 게 있었다. 비슷한 그림을 그리고 있다는 걸 알게 된 뒤 우리는 조용히 환호했고 깊이 안도했다. 그리고 서로의 결심이 흔들리지 않기를 간절히 바랐다. 아이가 있는 집에 다녀오거나 가슴 따뜻해지는 영화를 보고 나면 넌지시 확인까지 했다.

"이봐요. 뭐 키우고 싶은 거 아니지?"

"왜 이러셔. 내 한 몸도 벅찹니다."

둘 다 맏이인 데다 동생이 둘, 셋이라는 점도 딩크족이 되는 데 큰 영향을 끼쳤다. 우리는 기질적으로 아기를 좋아하지 않았고 북적이는 가족이나 귀여운 아기에 대한 환상이 없었다.

좀 더 솔직히 고백하자면 나는 카페나 음식점에 갔을 때 아이를 데려온 손님이 있으면 최대한 멀리 떨어져 앉는 사람이었다. 그 아이가 우리 테이블 쪽으로 오지 않기를 간절히 바라면서. 사람들은 아파트나 백화점의 엘리베이터에 유모차나 아기 띠를 맨 사람이 타면 아기의 통통한 뺨이나 웃는 얼굴을 보고 싶어 가까이 다가가거나 아기를 향해 고개를 돌리는데 나는 그런 상황에서도 무관심한 편이었다.

마트에서 떼쓰며 우는 아이를 볼 때, 영화가 한창 상영 중인데 아이를 데리고 극장 밖으로 나가는 부모를 볼 때, 친구가 아픈 아이를 끌어안고 밤을 새웠다는 얘기를 할 때, 아이의 교육 때문에 이사 가고 사교육비 때문에 허리가 휜다는 선배들의 푸념을 들을 때마다 나는 순수하게 안도했다. 그런 어려움을 헤쳐나가기엔 너무 나약했고 가난했고 희생할 준비가 되어 있지 않았다.

결혼 생활이 길어지고 나이가 들면 아이들이 예뻐 보이고 더 늦기 전에 낳을까, 하는 쪽으로 기우는 경우도 있다는데 우리 부부는 그쪽에도 해당되지 않았다. 나이를 먹을수록 이 세계는 아이들이 살아가기에 적합하지 않은 방향으로 나아가고 있다는 생각을 지우기 어려웠다. 끔찍한 사건 사고 소식을 접할 때마다 나는 무력감 속에서도 지킬 것이 없어 잃을 것도 없는 자의 심정으로 홀가분했다. 그것은 무책임 쪽에 서 있는 방관자라는 가벼운 자책과 약간의 외로움을 동반한 것이었다. 나는 그쪽이 익숙했고 외로움의 문제는 나이가 들수록 더 큰 파도가 되어 밀려올 것이므로 받아들일 필요가 있었다.

사실 외로움에 대해서라면 자신 있는 편이고 각오도 되어 있었다. 네 자매의 맏이인 나는 입시생이었을 때를 제외하고는 줄곧 동생 중의 누군가와 함께 방을 썼다. 어른이 된 뒤에는 이따금 그 시절이 그립고 소중한 경험이었다는 생각이 들지만, 그때는 단 하루만이라도 혼자 집을 차지해보는 게 소원이었다.

음악을 크게 틀어놓은 채 소파에 길게 누워 있고 싶었고 밤새워 비디오테이프로 영화를 보거나 무선전화기로 친구와 실컷 통화하고 싶었다. 그러나 집에는 늘 동생들 중 누군가가 있었고 운이 나쁘면 그 애들이 데려온 친구들까지 함께 북적거렸다. 전화는 툭하면 통화 중이고 겨우 무선전화기를 차지하고 나면 통화 중 대기음이 대화를 묵묵하게 압박했다.

물론 가족이 많은 만큼 나눌 얘기도 많고 웃을 일도 많고 무슨 일이 생기면 서로를 위해 걱정과 위로와 축하를 아끼지 않았지만, 집에 있으면 도무지 외로울 틈이 없었다.

그때 고독해질 수 있는 방법은 이어폰을 꽂은 채 책상 앞에 앉는 것뿐이었다. 공부한다는 핑계로 늦게까지 책상에 앉아 뭔가를 열심히 끼적거렸지만 영어 단어를 외우거나 수학 문제를 푸는 건 아니었다. 문제집을 펴둔 채 음악을 들으며 단짝 친구에게 편지를 쓰거나 세세하고 내밀한 일기를 써 내려갔다. 그런 뒤에도 시간이 남으면 라디오에 보낼 엽서를 만들며 사연을 적었다. 새벽의 길목에서 나는 살아 있다는 감각으로 충만했고 책상 위에 펼쳐진 고독을 즐기며 살아갈 힘을 얻었다.

그러면서도 그 새벽의 시간은 고독의 흉내에 지나지 않고 어른이 되어 혼자 지내야만 완전한 고독에 닿을 수 있을 것 같았다. 나에게 고독은 어른과 자유의 다른 이름처럼 느껴졌고 가족에게서 떨어져 나와 독립을 한다는 건 자발적으로 외로워지겠다는 의미를 포함했다.

어른이 되고 결혼한 뒤 인생이 그렇게 단순하지 않다는 걸 깨달았지만 6인 가족에서 2인 가족으로 이동하면서 혼자

인 시간이 많아졌다는 사실만으로 행복했다. 하루의 몇 시간
은 사람들과 일하고 몇 시간은 옆 사람과 공유했지만 나머지
몇 시간은 애쓰지 않아도 온전히 내 것으로 확보할 수 있었다.

적정한 온기와 적당한 대화와 충분한 고독으로 이루어진
생활은 몸에 잘 맞는 옷처럼 편안했다. 일부러 다른 삶의 방식
을 기웃거리거나 새로운 가족 구성원을 기다릴 이유가 없었다.

교집합의
세계

어느 부부에게나 서로 사랑한다는 사실 외에 두 사람을 하나로 이어주는 끈이 존재한다. 그 교집합의 요소는 두 사람을 끌어당겨 하나의 동그라미 안에 머물게 만든다.

옆 사람과 나에게 그것은 소설이었고 소설이고 앞으로도 소설일 것이었다. 대학 시절부터 우리는 소설가가 되기를 꿈꿨고 2007년에 내가 문학수첩작가상을, 2012년에 옆 사람이 한겨레문학상을 받기까지 오랜 시간이 걸렸다. 지망생이었을 때는 지망생이었기 때문에, 소설가가 된 뒤로는 소설가라서 우리의 관심은 소설에 집중되었고 좋은 소설에 대한 열망의 온도는 점점 높아져갔다.

저녁이 되면 우리는 소파에 앉아 밤이 깊도록 소설에 대해 이야기했고 주말에 외식을 하거나 교외로 놀러 나가서도 '좋은 소설이란 무엇인가, 어떻게 하면 그런 소설을 쓸 수 있을까' 하며 대화를 이어가곤 했다. 그 얘기밖에 할 게 없어서가 아니라 그것에 대해 얘기할 때 가장 즐거웠기 때문이다.

어떤 상황에서 어떤 화제에 대한 이야기를 시작해도 우리의 대화는 결국 교집합 쪽으로 흘러갔고 '열심히 쓰자, 쓰는 걸 즐기면서 살자'고 다짐하는 종착역에 도착했다. 물론 생업에 종사하느라 열심히 읽고 쓰지 못할 때가 많았지만 소설에 대해 이야기하는 것만은 멈추지 않았다.

비슷한 시기에 결혼한 지인이나 친구의 아이들은 돌잔치를 하고 걸음마를 떼고 말을 배우고 어린이집에 다녔다. 만날 때마다 그들은 '어떻게 하면 아이를 잘 키울까, 교육을 제대로 시키려면 어떻게 해야 하나' 고민했다. 그 얘기를 듣고 있노라면 '우리에겐 소설이 자식이구나' 싶었다. 흔히 창작하는 사람들의 작품을 자식에 비유하는데, 자신을 닮았고 오랜 시간 품고 있다가 세상에 내놓는다는 점, 그 작품의 행보와 미래에 대해 계속 걱정하고 신경 쓴다는 점에서 그 비유는 적절하다.

2012년이 끝나고 2013년이 시작되는 날, 우리는 반성과 설렘과 기대 속에서 새해 계획을 세웠다. 2012년에는 많이 쓰지 못했지만 '우린 젊고 앞으로 쓸 시간이 많다'며 서로를 격려했다. 그것은 거창하고 무모하다는 점에서 새해 계획다웠고,

옆 사람은 나보다 포부가 더 크고 무리한 계획을 세웠다는 점에서 신인 소설가다웠다. 그러니까 우리에게 2013년은 소설로 꽉 찬 한 해가 될 예정이었다.

그때는
몰랐던 것들

2013년 1월의 서울은 추웠다. 일기예보에서는 어느 때보다 한파라는 단어를 자주 사용했다.

문화센터의 소설 수업이 개강하면서 사람들과 잘 쓴 소설에 대해 감탄하고 좋은 소설을 쓰기 위한 방법에 대해 고민했다. 출판사의 신년회와 좋아하는 후배의 책 출간 모임에도 참석해 축하와 격려를 주고받았다.

소설 쓰는 사람들과 만나 근황 얘기를 하고 고민을 나눈 뒤 돌아오면 마음이 여러 결로 부풀어 올랐다. 격의 없이 만나 집필의 고통에 대해 털어놓고 진심으로 응원할 수 있는 사람들이 있다는 건 든든했지만, 내가 도달할 수 없는 지점의 이야기를 내가 쓸 수 없는 문장으로 쓰는 사람들과 이야기를 나눈다는 건 황홀하면서도 가슴 아픈 일이었다.

1월의 찬란했던 계획과 다짐은 비슷한 결의 아침과 오후
와 밤을 지나는 동안 흐지부지 일상에 안착했다. 읽어야 할 책
과 보고 싶은 영화의 리스트는 긴데 2월에 마감해야 할 단편소
설의 초고는 엉망이었다.

소설에 진전이 없는데 새벽에 자주 깨어 있다 보니 우리
는 자꾸 허기가 졌다.

"소설은 안 늘고 몸무게만 느는데."

"내일부터 열심히 하면 괜찮아질 거야."

자정이 넘어 먹는 치킨은 근사했고 우리의 책상 옆에는
의욕만 땔감용 장작처럼 잔뜩 쌓여 있었다.

그렇게 1월의 마지막 날에 도착했다. 옆 사람과 나는 부끄
러워서 자주 웃었고 상대를 위로하기 위해 "열두 달 중 한 달이
지나간 것뿐"이라고 말했다. 그리고 마주 앉아서 반성하고 계
획을 수정한 뒤 다시 의욕을 불태웠다. 그것은 우리의 장기이
자 월례 행사였다.

2월 초에는 눈이 많이 내렸고 옆 사람과 나는 한 차례씩
몸살을 앓았다. 2월에는 설 연휴와 내 생일과 단편소설 마감
이 있었다.

"무리 좀 해보려고 했더니 몸이 안 도와주네."

"그러게 말이야."

"늙었나 봐."

우리는 감기약에 취해 중얼거렸고 뜨거운 국물을 먹으며 땀을 흘렸다.

전을 부치고 윷놀이하며 설 연휴를 보낸 뒤 생일 모임을 서너 차례 갖고 나니 2월이 절반 이상 지나버렸다. 나는 부랴 부랴 소설 퇴고에 매달렸지만 소설을 발상하던 때 무릎을 치게 만들었던 아이디어는 안타깝게 멀어져갔고 책상 위에는 퇴고한 프린트만 쌓여갔다.

며칠을 끙끙거리다 나는 허술한 소설에게 항복했다. 편집 자를 졸라서 시간을 확보한 뒤 잠을 줄여가며 매달려야 하는데, 그래서 원하는 그림의 소설로 만들어야 제대로 된 소설가인데, 원고를 받아야 일을 시작하는 편집자의 사정과 약속한 날짜에서 자유롭지 못했다. 그럴 때면 미친 듯 파고드는 예술적 성향을 가진 동료들이 부럽고 내 안에 남아 있는 회사원의 마인드가 거추장스러웠다. 나는 다음을 기약하며 마침표를 찍고 저장 버튼을 눌렀다.

미심쩍은 소설이 담긴 메일의 발송 버튼을 누르고 나자 새벽의 창밖이 희부옜다. 나는 한숨을 쉬며 탁상 달력을 한 장 넘겼다. 2월이 과거가 되는 순간이었고 의기소침함을 떨쳐낼 새로운 결심이 필요한 순간이기도 했다.

그러나 그때는 알지 못했다. 마음껏 좌절하고 아무 때나 잠들고 깨어나서 소설을 쓰고, 시간을 마음대로 쓸 수 있는 달콤한 시절이 우리의 곁을 빠르게 지나가고 있다는 사실을.

엄마가 되는
여자들

며칠 동안 아랫배가 기분 나쁘게 묵직했다. 병원에 가봐야겠다고 마음먹으면서 자궁 내에 물혹이나 염증이 생긴 게 아닐까 의심했다. 충분히 그럴 수 있는 나이였다. 다만 심각한 상황이 아니길 바랐고 중년이 되어가니 건강에 신경 쓰자고 생각했다.

초음파를 본 여자 의사는 반색하며 축하 인사를 전했다.

'오래 기다린 것 같은데 잘됐다'고, '기적 같은 일'이라며 호들갑을 떨었다.

"6주 정도 된 것 같네요."

나는 입을 벌린 채 초음파 화면을 쳐다봤다. 그 흑백 화면에 드러난, 내 배 속에서 벌어졌다는 일이 실감나지 않았다. 의사는 내가 너무 좋아서 소리조차 지르지 못하는 거라고 믿는 눈치였다. 의사는 아기집이 자리를 잘 잡았다며 일주일 뒤에 심장 소리를 들어보자고 했다.

그때 내가 걱정했던 상황 중에 임신의 가능성이 있었던 가. 없었던 건 아니지만 스치듯 지나갔을 정도로 확률이 낮은 편에 속했다. 임신은 아닌 것 같고, 하며 제일 먼저 치워두었다.

공교롭게도 전날 밤에 옆 사람과 같이 봤던 영화는 「늑대 아이」였다. 애니메이션을 좋아하는 옆 사람이 고른 것이었다.

여대생이었던 '하나'는 늑대 인간을 만나 사랑에 빠지고 아기를 갖게 된다. 그리고 눈 오는 날 태어난 딸 '유키'와 비 오 는 날 태어난 아들 '아메'를 혼자 키워야 하는 처지가 된다. 영 화는 유키와 아메가 자신의 정체성을 찾아가고 선택하는 과정 에 초점을 맞추며 흘러갔다. 늑대로 살 것인가, 인간으로 살아 갈 것인가. 쉽지 않은 결정 앞에서 엄마인 하나는 강요하거나 설득하지 않고 따뜻하게 지켜보며 두 아이의 적응 과정을 응 원해준다. 그 사랑과 보살핌 속에서 남매는 각자에게 맞는 방 식으로 성장한다.

애니메이션의 화면은 밝고 환하고 아름다웠다. 하나는 시 종일관 씩씩했고 유키와 아메 남매는 귀엽고 사랑스러웠다. 훌륭한 성장 영화의 면모가 빛나서 보는 즐거움이 컸다. 영화를 보는 동안 총명하고 꿈 많은 여대생 하나가 학교와 자신의 인생에서 떠나, 낯선 곳에서 혼자 어른이 되고 엄마가 되어가는 과정이 짠해서 몇 번이나 울컥했다.

영화가 끝난 뒤 옆 사람과 나는 아이들이 자신의 진로를 자유롭게 선택할 수 있도록 기다리고 지켜봐주는 거리감의 미덕에 대해 이야기했고 화제는 그것의 전제가 되는 사랑, 모성애로 옮겨갔다. 그건 우리가 경험해보지 못한 감정이라 위대하고 숭고하면서도 일방적인 희생이 요구된다는 점에서 폭력적인 세계의 산물처럼 느껴졌다. 그런 면에서 우리는 엄마인 하나가 아니라 아이들인 유키와 아메에 머물러 있었고 그것은 우리의 자발적 선택이었다.

인간이 되기로 선택한 유키는 앞으로 어떻게 살까. 다시 혼자 남은 하나의 삶은 어떻게 되는 걸까.

그런 생각을 하다 잠이 들었다.

산부인과 의사가 전하는 소식을 듣는 동안 나는 남편이 죽고 두 아이와 덩그러니 남았던 하나의 모습을 떠올렸고 한순간 그 심정에 가닿았다. 물론 그런 심정에 가까울 뿐 온전히 그 심정일 수는 없었다. 아이들을 혼자 키워야 했던 그녀는 훨씬 더 막막하고 외로웠을 것이다.

병원에서는 「늑대아이」가 생각나 먹먹했다면, 집에 돌아온 뒤에는 영화 「케빈에 대하여」가 떠올라 침울해졌다.

옆 사람과 같이 「케빈에 대하여」를 본 건 2012년 여름이었다. 영화에 대한 정보라곤 좋아하는 배우 틸다 스윈턴이 주연을 맡았다는 것과 논란의 여지가 있으나 꽤 잘 만들어진 영화라는 평 정도였다. 평일 낮이라 열 명 남짓한 사람들이 뚝뚝떨어져 앉은 채 관람했고, 영화가 끝날 때까지 팔뚝에 돋은 소름을 몇 번이나 쓸어내려야 했다. 내게 그 영화는 모성애나 사이코패스에 관한 영화이기도 했지만 하드코어에 가까운 공포물이었다.

극장에서 나와 카페에 자리 잡은 우리는 한동안 다른 얘기만 나누었다. 그리고 팔뚝의 소름이 완전히 가라앉았을 때쯤 이 문제적 영화에 대한 각자의 생각을 찬찬히 털어놓았다. 틸다 스윈턴이 연기한 '에바'는 자기애가 강하고 자유를 갈망하고 일에 대한 열정이 남다른 사람 같았다. 그리고 엄마가 되고 싶지 않았다가 어쩔 수 없이 엄마가 된 여자, 그래서 엄마가 될 준비나 모성애가 모두 결여된 여자로 보였다. 나는 겁에 질리고 공허한 눈동자로 아이를 응시하는 그녀를 이해했다가 책망했다가 가여워했다.

영화의 원제가 '우리는 케빈에 대해 이야기할 필요가 있다'이고 동명의 원작 소설이 존재한다는 건 나중에 알게 되었다. 그러므로 우리는 케빈에 대해 이야기해야 했지만 그때 나는 에바에 주목했고 에바에 대해 말하고 싶었다. 어쩌면 케빈에 대해 말하는 게 두려웠는지도 모른다. 케빈이 처음부터 괴물이었거나 엄마에게 존재를 거부당하고 사랑받지 못해서 괴물이 되었거나, 괴물이 된 아이를 본다는 건 힘든 일이었다.

　나에겐 공포 영화였지만, 어느 인터뷰에서 틸다 스윈턴은 이 영화를 '엄마와 아들의 사랑에 대한 영화'라고 소개했다. 사랑에 대해 알아가는 사람들. 나는 그 말에 대해 오래오래 생각했다.

　이런저런 생각에 빠져 밤이 깊어질 때까지 불도 켜지 않은 채 벽에 기대앉아 있었다. 딱 하루만 그렇게, 아무 일도 일어나지 않은 것처럼 고요히 보내고 싶었다. 마지막에 에바가 케빈을 끌어안으며 영화가 끝났다는 것이 희미한 빛처럼 느껴졌다.

어른아이

옆 사람에게 임신 소식을 전한 건 자정이 지나서였다.

자전거 타는 게 취미인 옆 사람은 가끔 꽤 먼 곳까지 나갔
다 돌아왔다. 마침 그날은 날씨가 좋아 오후에 자전거를 타러
나갔고 전화로 '좀 늦을 것 같다'고 얘기했다. 수화기 너머에서
는 바람이 불었고 그의 목소리는 멀었다.

집에 온 그가 땀에 젖은 옷을 벗고 샤워를 하고 나온 뒤 소
파에 앉아 찬물을 마실 때까지 나는 아무 말도 하지 않았다. 할
이야기가 있다고 하자, 옆 사람은 "왜 목소리를 깔아? 뭐 갖고
싶은 거 있어?" 하며 웃었다.

임신 얘기를 한 뒤에 우리는 한참 동안 소파에 가만히 앉
아 있었다. 새벽은 깊어가고 우리는 책임지기 어려운 일을 만

난 10대들처럼 심각했다. 결혼 연차나 나이, 오랫동안 피임을 했던 걸 고려했을 때 임신 가능성은 매우 낮았다. 임신을 간절히 기다리는 분들께 죄송하지만, 의외의 결과 앞에서 우리는 당황했고 의기소침해졌다.

"기분이 너무 이상해."

"그러게. 너무 이상하네."

"……우리가 되게 건강한가 봐."

농담과 진담이 섞인 말을 주고받은 뒤 자리에 누웠지만, 감당하기 어려운 제안을 받은 것처럼 둘 다 오래 뒤척였다.

옆 사람과 나는 아무 준비도 되어 있지 않았다. 우리를 둘러싼 감정은 두려움이었고, 그 두려움은 생명이나 상황에 대한 부정보다는 놀라움과 염려에서 비롯된 것이었다. 우리는 나이만 많았지 생명이나 책임에 대해서는 아무것도 모르는, 겁 많고 이기적인 '어른아이'였으니까.

너의 소리가
들려

얼떨떨함과 두려움 속에서도 일상은 이어졌다.

나는 가을에 마감해야 할 경장편 소설의 초고를 쓰기 시작했고 소설 수업을 하러 신촌에 갔다. 수업 전에 버릇처럼 마시던 따뜻한 라테 대신 레몬티를 주문했다는 것이 작지만 유일한 변화였다.

책을 읽거나 글을 쓰다가 이따금 배를 내려다봤다. 배에 손을 얹은 채 어떤 기척을 느껴보려 했지만 몸 안에서 생명이 자라고 있다는 느낌은 들지 않았다. 검색창에 임신 6주, 7주 증상 같은 단어를 입력해보았고 거무스름한 초음파 화면 한구석에 강낭콩처럼 박혀 있던 작고 하얀 아기집을 떠올렸다.

일주일 뒤에 오라는 의사의 말대로 7주 차에 다시 병원에

갔다. 기다리는 동안 이상하게 가슴이 두근거렸다. 그것은 불길한 징조 같기도 하고 산부인과 진료에 익숙하지 않아서인 듯도 했다. 의사가 초음파 화면을 보며 앞으로 받아야 할 검사에 대해 설명했다. 그리고 "심장 소리 들어볼까요?" 하며 기계의 볼륨을 키웠다.

"쿵쿵, 쿵쿵, 쿵쿵, 쿵쿵."

심장 소리는 규칙적으로 힘차게 울렸다. 그 소리는 어떤 망설임도 없이 자신의 존재와 살아 있음을 드러냈다. 임신 소식을 처음 들었을 때처럼 나는 입을 벌린 채 초음파 화면을 쳐다보았다. 온몸으로 쿵쿵거리는 하나의 생명이 내 안에 있었다. 그 소리는 희미하게 떠돌던 불길함과 두려움을 가만히 잠재웠다. 나는 또 하나의 심장이 힘차게 뛰고 있다는 사실에 압도당했다.

병원 밖으로 나와 손으로 배를 쓸어보며 나는 어떤 순간을 지나 어느 지점 너머로 나아가게 되었다는 걸 직감했다. '엄마'라는 이름은 여전히 낯설었지만, 내가 너를 가진 게 아니라 네가 나에게 찾아왔다는 것을, 두 개의 심장을 품고 있는 사람이 엄마라는 걸 알 것 같았다.

진짜 둘이 되고
엄마가 되는 순간

    소설에 집중이 안 되고 마음이 싱숭생숭할 때 노트를 펴 놓고 쓰고 싶은 글의 목록을 정리하는 버릇이 있다. 그러면 의욕이 생기기도 하고 마음이 차분해졌다. 운이 좋을 때는 새로운 아이디어를 얻기도 했다.

    기분도 전환할 겸 새 노트와 펜을 꺼냈는데 소설의 진도가 잘 나가지 않았다. 책을 펼쳐도 깊이 들어가기 힘들었다. 나와 책의 내용 사이에 어떤 막이 있어 밀어내는 기분이었다. 병원에 다녀온 뒤로 그때 들었던 심장 소리를 의식하며 지냈다. 그 소리는 이것이 명백한 현실이며 예전으로 돌아갈 수 없다고 선언했다. 심장 소리 때문에 엄마라는 이름에 다가서긴 했지만 아직 나와 예비 엄마 사이의 균형 감각도 부족하고 사이

좋게 지내는 법도 몰라서 시소가 자꾸 한쪽으로 기울었다.

옆 사람도 책임감이 생기는지 표정이 전에 없이 진지해졌다. 그는 내 걱정을 많이 했다.

"많이 써야 할 시기인데 괜찮겠어? 잘할 수 있겠어?"

그는 질문의 형태를 바꾸어 몇 번이나 물었다. 그때마다 나는 일부러 씩씩하게 대답했다.

"당연하지."

"혼자 소설 쓰는 것도 버거워하는 사람이 대답은 잘하네."

옆 사람은 영 미덥지 않다는 투로 받아쳤다.

"힘들다고 엄청 징징거릴 거 같아. 벌써부터 걱정돼."

그는 나보다 나를 더 잘 알았다.

"나도 열심히 할게."

그의 다짐이 시소 한 편에 힘을 실었다.

카페에 나와 멍하게 앉아 있다가 책과 노트 대신 다이어리를 꺼냈다.

늦가을이면 아기가 생긴다. 올해 써야 할 글이 많은데 잘할 수 있을까.

두서없는 낙서를 적어 내려가기 시작했다.

아기가 태어날 텐데 집이 너무 좁지 않은가. 넓은 곳으로 이사 가든지 짐을 줄이든지 결단을 내려야겠다. 계속 이 동네에 살면서 학교에 보내야 할까? 아기를 키우면서 소설을 잘 쓰는 동료들은 누가 있지. 커피는 언제까지 마셔도 괜찮은 걸까. 사람들에게는 언제쯤 알리지? 나이도 있으니 안정기에 접어들 때까지 기다려야겠지.

걱정과 질문이 꼬리를 물고 이어졌다. 나는 번호를 붙여가며 기록했다. 하나씩 써 내려가다 보니 근심거리는 늘어났지만 문장이라는 가장 익숙한 방식으로 불안함을 달래는 동안 조금씩 차분해졌다. 나만 그런 게 아니라 대부분의 사람들이 이런 고민 속에서 조금씩 헤매다가 엄마가 되어갈 거라고 생각하니 위안이 되었다.

다이어리를 덮은 다음 엄마에게 전화해서 임신 소식을 알렸다. 십 몇 년 전에 결혼 얘기를 꺼낼 때처럼 떨렸다. 아직 동생들이 결혼하지 않아 엄마에게는 첫 손자가 되는 셈이었다. 아이를 낳지 않겠다는 우리 부부를 어느 정도 포기했으면서도 완전히 포기하지 않았던 엄마는 너무 좋아했다. 막냇동생은 며칠 전에 내가 임신한 꿈을 꾸었는데 꿈이라 신경 쓰지 않았다며 신기해했다. 다른 동생들도 전화 속에서 "어머, 웬일이야, 이상하다"를 연발하며 축하 인사를 전했다. 우리는 웃다가 울먹거렸고 만나서 축하 파티를 하기로 했다.

전화를 끊을 때까지 제일 많이 한 말은 "진짜?"였다. 모두가 진짜냐고 물었고 그때마다 나는 "진짜"라고 대답했다. 임신 7주. 나에게 일어난 일은 진짜이고 나는 이 진짜의 시간을 지나갈 거라고. 그렇게 힘주어 말할 때마다 진짜 둘이 되고, 진짜 엄마가 되는 세계에 들어섰구나, 싶었다.

들어가도
되나요?

예전에 「사랑의 블랙홀」이라는 영화를 재미있게 본 기억이 있다. 내용은 자세히 기억나지 않는데 빌 머레이가 아침에 침대에서 깨어나 또 같은 날이 시작됐음을 깨닫고 난감해하던 장면은 또렷이 떠오른다.

나도 아침에 눈을 뜰 때마다 '맞아, 나 임신했지' 하며 현실을 인식하곤 이상한 기분에 빠졌다. 영화 속 주인공은 시간이 반복되는 마법에 걸렸지만 현실의 나는 이게 현실이라는 걸 반복해서 깨달았다. 그때마다 "이것 참 비현실적이네" 하고 중얼거렸다. 하루에도 몇 번씩 마음이 바뀌어 기대로 부풀었다가 처지를 비관하고 좌절에 빠지기를 반복했다. 물론 나는 알고 있다. 이럴 때일수록 정면 돌파해야 한다는 걸. 현실 속으로

뚜벅뚜벅 걸어 들어가면 길이 생긴다는 걸.

8주 차에 접어들면서 친한 친구, 선후배들에게도 임신 소식을 전했다. 하소연하거나 엄살 떨고 싶어서가 아니라 이 비밀을 깨고 나면 어리둥절하고 붕 뜬 기분에서 벗어나 일상에 안착할 수 있을 것 같았다.

딸 둘을 키우는 후배는 앞으로 할 얘기가 더 많아질 것 같아서 좋다고 했고, 오랜 친구는 내 이름을 가만히 부르곤 한동안 말이 없었다. 그 친구는 초등학생 아들 둘을 키우는데 사는 곳도 멀고 직장에 다녀 자주 만나지 못했다.

"잘했다, 잘됐어."

그 애의 목소리는 내가 소설가가 되었다는 소식을 전했을 때처럼 떨렸다. 먼 곳의 목소리인데도 바로 옆에서 어깨를 토닥거리는 것처럼 따뜻했다. 이번에는 내가 울컥해서 가만히 있었다.

어린 딸 둘을 키우는 C 선배는 실질적인 조언을 많이 해주었다.

"요즘은 그거 노산도 아니야. 앞으로 노산이라는 생각을 버려야 해."

선배의 웃음이 경쾌해서 나도 따라 웃었다.

그러고 보니 내가 먼저 소식을 전한 사람들은 모두 아이를 키우는 엄마들이었다. 엄마들의 방에 들어가기 전에 선배들에게 인사하는 기분이었다.

'똑똑, 예비 엄마예요, 들어가도 되나요?'

소식을 전하고 근황을 나눈 뒤 전화를 끊을 때 그녀들은 모두 비슷한 말을 했다.

"축하해. 곧 만나. 먹고 싶은 거 사줄게."

전화를 끊고 한동안 가만히 누워 있었다. 엄마가 된 그녀들이 바쁜 생활 속에서도 아이들과 부대끼며 잘 지내고 있다는 게 용기가 되었다.

오래전에, 가깝게는 몇 년 전까지 내게 임신 소식을 전하던 그녀들의 목소리가 떠올랐다. 그때 나는 뭐라고 했더라. 좀 놀란 뒤 축하한다고 건강 잘 챙기라고 했던 것 같다. 필요한 게 없냐고 묻긴 했지만 맛있는 걸 사주겠다는 말은 하지 못했다. 전화를 끊고 나서 혼자가 된 뒤에는 엄마가 될 그녀들의 처지를 걱정했던 것도 같다. 입덧과 태동과 우울함과 널뛰는 기분에 대해 얘기할 때 제대로 귀 기울여주지도 못했다. 무심하게 굴었던 순간들이 떠오르자 너무 미안해서 어디론가 숨고 싶어졌다. 나는 팔로 얼굴을 가린 뒤 "아아" 한숨을 쉬었다.

먼저 엄마가 된 지인들에게 다시 전화를 걸어 얘기해주고 싶었지만 마음으로만 속삭였다.

'아무것도 몰라서 다정하지 못했던 거 미안해요.'

이름이
뭐예요?

"아아, 앞으로 내 인생은 어떻게 되는 걸까, 알 수가 없네."

밤에 누운 채로 걱정 70퍼센트 기대 30퍼센트의 심정으로 중얼거리면,

"아아, 너는 책을 네 권이나 냈지만 나는 한 권밖에 안 낸 신인이라네."

옆 사람도 같이 우는소리를 했다.

그러면 우리는 미리 짜놓은 것처럼 합창했다.

"아아, 문학은 죽어가고 우리는 늙었고 입은 하나 더 늘어난다네."

마지막 노랫말은 "오늘도 태명은 짓지 못했다네"였다.

임신 소식을 들은 사람들은 몸이 어떤지, 입덧은 시작되

었는지 물은 뒤 "태명이 뭐야? 태명 지었어?" 하며 궁금해했다. 나는 아직 생각 중이라고 얼버무렸다.

어릴 적에 장난감이나 인형이 생길 때마다 열심히 이름을 붙여주던 사람이라 초음파 사진을 받은 순간부터 태명에 대해 고민했지만 정하지 못했다. 배 속에 있는 동안에만 쓸 이름이라고 생각하면 부담이 줄었지만 한시적이라 더 의미 있는 이름을 지어주고 싶었다.

출산·육아 관련 카페에도 '태명을 골라주세요'라는 게시글이 종종 올라왔다. 튼튼이, 힘찬이, 꼬물이, 콩이, 봄이, 통통이, 새싹이……. 고르기 어려울 정도로 귀엽고 예쁜 태명이 많았다. 나도 후보들을 뽑아두었지만 어떤 것은 너무 무겁고 어떤 것은 너무 팬시해서 입에 붙지 않았다.

임신 소식을 전했을 때 사람들이 해준 덕담에 대해 생각하다가 누군가 했던 말이 떠올랐다.

"늦은 나이에 엄마가 되는 걸 보니 넌 참 복이 많은 것 같아."

많은 사람들이 비슷한 맥락의 얘기를 했다.

"그 나이에 복 받은 거야. 네가 병원에 안 가봐서 그래. 요즘 아기 문제로 마음고생하는 사람들이 얼마나 많은데."

"결혼은 싫지만 아이를 낳고 싶다는 사람도 많아."

"아빠가 소설가가 될 때까지 기다렸다가 찾아온 아이니

복덩이가 분명해."

태명 '축복이'는 그렇게 지어졌다. 나에게, 우리에게 찾아온 복. 너무 과한가 싶었지만 한시적으로 쓸 이름이라 욕심을 좀 부리기로 했다.

"나 임신했어"라는 말을 할 때는 쑥스러워서 입이 잘 떨어지지 않았는데 "태명이 축복이에요"라는 말은 훨씬 자연스럽게 나왔다. 나에게 복이 되는 아이가 아니라 살면서 행복하다고 느끼는 아이였으면 하고 바라게 되었다.

우리는 걱정이 많지만 아이야, 너는 축복이란다.

참을 수 없는
존재의 메슥거림

임신 초기에 해당하는 8주와 9주, 세상은 봄기운으로 술렁거렸다.

라디오에서는 봄바람, 봄꽃, 봄나들이에 대한 얘기와 함께 봄노래가 흘러나왔다. 나도 얼마 전까지는 "와 봄이다, 놀러가고 싶다. 근데 입을 옷이 없군"이 반복되는 돌림노래의 세계에 속해 있었는데 느닷없이 다른 세계로 이동한 기분이었다.

"옷은 사면 뭐 하겠노, 배 나오면 못 입겠지."

예쁜 옷이나 신발을 볼 때마다 개그맨의 말투를 따라 했다.

누군가는 임신 기간이 합법적으로 살찔 수 있는 기간이니 맘껏 먹으라고 했고, 누군가는 나중에 살 빼기 힘드니(고령일수록 더욱) 임신했을 때 체중을 조절하라고 했다. 그런 충고에 대해 고민할 겨를도 없이 입덧이 시작되었다. 아이러니하게도 입덧은 그동안 내가 좋아했던 음식을 거부하는 형태로 나타났다. 먹고 싶지 않은 정도가 아니라 떠올리는 것만으로도 속이 뒤집혔다.

평소에 좋아하는 음식이 뭐냐고 물으면 주저 없이 고기(육식주의자라는 건 부끄럽지만), 빵, 커피를 꼽곤 했다. 나는 밥보다 빵을, 채소보다 고기를, 술보다 커피를 압도적으로 좋아한다. 예전에 『소울 푸드』라는 책에 에세이를 실을 때도 자기소개 글에 그 세 가지 음식에 대한 열렬한 사랑을 드러냈다.

갓 내린 커피와 갓 구운 빵 냄새, 숯불에 굽는 고기 냄새 앞에서 나는 자석에 끌려가는 쇳가루처럼 나약했다. 피곤하거나 몸이 안 좋을 때 고기를 든든히 챙겨 먹은 뒤 푹 자고 나면 다음 날 컨디션이 회복되었고 따끈한 빵을 결대로 죽죽 찢어 커피와 먹는 게 최고의 디저트였다.

그런데 임신한 뒤로 이 삼총사에 대한 애정이 식었다. 고기 굽는 냄새가 역해서 고깃집 앞을 지나갈 때면 숨을 참으며 빨리 걸었고 커피를 반 잔만 마셔도 잠을 설쳤다. 빵 냄새도 더 이상 향기롭지 않았다. 가장 좋아하던 것이 입덧의 주범이 되었다는 사실이 믿기지 않았다.

"오늘 뭐 먹을까?"

옆 사람이 물을 때마다 "고기 말고 샐러드" 하고 외쳤다.

대신 나는 과일 마니아가 되었다. 예전에는 외출할 때 어떤 책을 챙길까 고민했다면, 입덧이 시작된 뒤로는 과일을 얼마큼 챙겨 나갈까 고민하게 되었다. 얇게 썬 사과와 씨를 발라낸 참외는 입덧의 위로자, 외출의 동반자였다. 과장되게 표현하자면 구역질 나는 세상에서 나를 건져내는 구원자였다. 속이 울렁거리면 나는 지하철 안이나 카페, 백화점에서도 지퍼백을 열어 과일을 꺼내 먹었다.

임신·육아 관련 카페에는 입덧에 관한 다양한 게시물이 올라와 있었다. 물에서 냄새가 난다는 사람부터 밥 냄새가 싫다는 사람, 너무 많이 토해서 탈진한 사람, 비빔냉면만 먹는다는 사람, 음식을 거의 못 먹어서 입원해 링거를 맞는다는 사람의 사연까지. 읽고 있으면 고기를 못 먹는 것 정도는 수월하고 무난한 편에 속했다.

엄마는 입덧할 때 싫어진 음식은 나중에도 별로라고 했고, 친구는 임신했을 때 많이 먹은 음식은 질려서 먹기도 싫다고 했다. 타고나거나 오랜 시간 형성되어온 입맛, 식성, 기호가 바로 나라고 할 순 없지만 사람을 잘 드러내는 특징 중 하나였던 건 분명했다. 잠시 동안이 될지, 앞으로 계속될지 모르겠지만 의지와 상관없이 삶의 큰 부분이 갑자기 바뀌어 어리둥절했다.

이상하다고 느끼면서도 야채가 듬뿍 들어간 비빔밥을 하

루에 두 번씩 먹었다. 인도식 카레를 맛있게 먹은 뒤로는 사흘 연속 그것만 먹기도 했다. 가족 모임에서 상 위의 음식에는 손도 대지 않고 지퍼 백에 든 사과와 참외만 먹어 모두를 놀라게 했다. 그런데도 몸무게는 줄지 않고 꾸준히 불어났다. 내가 먹는 것과 상관없이 아기가 자란다는 게 신기했다.

2주쯤 지나자 입덧은 처음의 양상에 머물러 있지 않고 진화해서 공복 상태가 되면(실제 공복이 아니라 속이 빈 것 같은 느낌만으로도) 속이 울렁거리는 이른바 '먹덧(먹는 입덧)'이 시작되었다. 나는 입과 속과 배가 분리된 사람처럼 먹을 것을 입에 달고 살았다. 오물거리며 씹으면 속이 진정되었다. 아이가 태어나지도 않았는데 입이 하나 더 늘었다는 느낌이 확실해졌다.

먹덧 이후로 가방 안에 좀 더 다양한 먹을거리를 넣고 다녔다. 길을 걸을 때도 빵집이나 과일 가게를 눈여겨보았고 수업을 마치고 집에 올 때면 아파트 근처의 분식집에서 매콤하고 바삭한 떡꼬치를 포장해 가져왔다. 그러면서 배를 내려다봤다. 음식도 계속 들어가고 아기가 커가니 금방 빵빵해지겠지 싶었다.

커피,
잠시 안녕

    책을 읽거나 글을 쓸 때 커피를 많이 마시는 편이다. 글을 쓰기 전에, 글을 쓰다가, 글이 막힐 때 맛있는 커피를 마시면 '아 좋다' 하는 감탄사가 절로 나왔다. 책과 노트와 펜과 교정지가 널브러져 있는 폐허 속에서도 커피를 한 모금 마시고 나면 괜찮다는 기분이 들었다. 그 시간과 하는 일의 질감이 오롯하게 느껴지며 막힌 글 속을 지나갈 힘을 얻기도 했다.

    그러니까 커피는 오랫동안 나의 친구이자 동료였다. 밖에서 일할 때면 작업 환경과 커피 맛, 두 가지를 고려해서 카페를 골랐다. 작업하기 편하고 커피 맛도 괜찮은 곳을 찾아 유목민처럼 떠돌기도 했다. 이곳저곳 돌아다니다 시들해지면 다시 집의 책상에 앉아 일했다. 그때도 제일 먼저 하는 일은 뜨거운 커피를 만드는 것이었다. 어떨 때는 뜨거운 커피를 한 잔 다 마실 때까지 그날의 첫 문장을 시작하지 못했고, 가끔은 정신없이 휘갈겨 쓰다가 한숨 돌리려고 컵을 들었을 때 커피가 차게 식어버린 걸 깨닫기도 했다(물론 이런 일은 드물다).

글을 쓸 때뿐 아니라 머리가 살짝 아프거나 속이 부대끼고 몸이 찌뿌드드할 때도 뜨거운 커피를 한 잔 마시고 나면 한결 가뿐해졌다. 내게 커피는 기호 식품이면서 두통약, 소화제, 지친 심신을 위로하는 환각제 역할까지 했다. 한마디로 커피 없는 일상을 상상해본 적이 없었다.

임신을 확인한 다음 날부터 커피 때문에 고민에 빠졌다. 나이가 있으니 안정기에 접어들 때까지는 커피를 줄이고 그다음에도 하루에 한 잔 정도의 패턴을 유지해야 할 것 같았다. 물론 나의 모토는 몸이 원하는 대로 하자였으므로 일하러 나가면 평소와 다름없이 커피를 주문했다. 그런데 고민이 무색하게 커피 맛이 예전 같지 않았다. 가장 맛있던 첫 모금이, 그 따끈하고 고소하고 얼큰하기까지 했던 첫 모금이 쓰고 텁텁했다. 천천히 몇 모금을 더 마셔보고 며칠 동안 더 주문해봤지만 심장 박동만 빨라질 뿐 예전의 그 감동은 밀려오지 않았다.

입덧 때문에 고기가 싫어졌을 때와 비슷했다. 그건 마치 사랑하던 사람, 그가 없으면 아무 일도 못할 것 같던 절대에 가까운 마음이 예고 없이 식어버린 것과 같았다. 예전 같지 않다,

싫어졌다는 말 외에 설명할 방법이 없었다.

'입덧이란 참 이상하구나.'

커피 대신 생과일주스를 시키며 나는 고개를 갸웃거렸다. 그것은 마치 내가 좋아하는 것을 밀어내며 아이가 자신의 존재를 드러내려는 선포 같았다.

무리와
조심 사이

무언가 시작되고 활짝 피어오르는 느낌이 좋아서일까. 언제부턴가 봄기운이라는 말을 자주 쓰고 봄을 좋아하게 되었다. 하얗고 보드라운 꽃눈을 보는 것도 초록빛의 잎사귀들이 나뭇가지에 촘촘히 매달린 모습을 보는 것도 설레었다.

사계절 중 봄에게만 허락된 단어, 봄기운.

봄이 되면 출간 소식도 이어졌다. 우편함에 도착한 책을 꺼내들며 나는 새 책의 냄새와 기운에 조용히 감탄했다.

'K의 책이 나왔구나. 표지가 예쁘네.'

'C는 여전히 열심히 쓰는구나. 제목도 좋고.'

책 표지와 띠지의 문구를 읽고 작가의 말을 보는 동안 설레면서도 계속 책을 낼 수 있을까 싶은 생각이 들면 마음 한구석이 납작하게 구겨졌다.

'올해는 정말 많이 써야지.'

새해의 계획을 세우면서 만년필과 색색의 펜도 사고 노트도 여러 권 준비해뒀는데(물론 늘 넘치게 사곤 한다) 서랍 속에 그대로 들어 있었다. 마치 이런 일이 생길 줄 알았다는 듯 원고 청탁도 뚝 끊기고 가을까지 마무리해야 하는 장편소설의 진도도 더디기만 했다.

"언니, 우리 애 낳기 전에 많이 써둬요."

몇 달 먼저 임신한 후배 소설가와 통화할 때마다 그 말을 주고받았다. 우린 매번 의욕을 불태우며 전화를 끊었다. 아이를 낳은 선배들의 조언도 대체로 비슷했다.

"분만실에 들어가기 전까지 펜을 놓지 마. 아무리 몸이 무거워도 애를 낳은 다음보다는 배 속에 있을 때가 편하니까."

그 말을 듣고 나면 시간이 얼마 없다는 조바심과 함께 쓰고 싶은 열망, 소설에 대한 갈망으로 가슴이 뜨거워졌다. 10주차에 접어들어 몸도 가벼운 편이고 출산까지 시간이 많으니 평소보다 더 무리하고 싶어졌다. 하지만 이런 조언을 하는 선배들도 있었다.

"천천히 해. 애 낳고 나면 시선이나 세계관이 변해서 쓰고 싶은 게 달라지더라고. 그때 많이 써도 괜찮아."

그런 얘기에도 고개를 깊이 끄덕거렸다. 천천히, 라는 말에 꽂히는 날에는 한껏 느긋한 마음으로 산책을 하고 책을 읽었다. 평소에는 귀가 얇은 편이 아닌데 미지의 세계 앞에서 한없이 팔랑거렸다. 내 안의 조바심은 배가 더 나오기 전에 많이 써두어야 한다고 속삭였고, 가족들은 나이가 있으니 매사에 조심하라고 했고, 세상은 이런 것을 보고 듣고 읽고 만들어야 제대로 된 임산부라고 얘기했다.

너무 무리하거나 지나치게 몸을 사리지 않는 선에서 몸과 마음의 균형을 찾고 일상 속에서 할 일을 해나가는 것. 그것이 예비 엄마가 갖춰야 할 첫 번째 덕목인지도 몰랐다.

마음의
무게

    이제는 나도 믿기지 않지만, 중학교를 졸업할 때까지 나
는 말라깽이였다. 키는 지금과 비슷한데 몸무게가 40킬로그
램 중반대여서 그때의 사진을 보면 어딘가 뾰족한(턱도 뾰족,
어깨도 뾰족) 아이가 서 있다. 살이 붙기 시작한 건 고2 때, 처음
으로 50킬로그램을 넘었다. 그 뒤로는 나날이 창대해져 남부
럽지 않은 모습이 되었지만, 내게도 25사이즈의 청바지를 입
던 시절이 있었다(결국 이런 말을 하는 중년 어른이 되어버렸다).

    임신하고 난 뒤 병원에 갈 때마다 진료를 받기 전에 혈압
과 몸무게를 쟀다. 내 또래의 여의사는 처음부터 "아기 낳고 살
빼겠다는 생각은 버려라. 젊은 산모들과 다르니 관리하면서
가자"고 당부했다. 나 역시 고개를 끄덕거렸지만 다짐과 달리

배는 흑흑 나오고 몸은 하루가 다르게 무거워졌다. 늘어난 몸무게를 확인하는 게 두렵고 의사 선생님께 혼나는 게 무서워서(매우 유쾌한 분이었지만 진실을 전하는 데 있어 가차 없었다) 병원에 가는 날은 식사를 거르고 갔다. 그런 노력에도 불구하고 (병원에서 나온 뒤에 포식을 했으니 사실은 거른 게 아니라 뒤로 미룬 게 맞다) 몸무게 증가 그래프의 변화를 바꿀 수는 없었다. 먹는 입덧이 시작되면서 공복을 참지 못해 가방 안에 과일은 물론 빵까지 챙겨 다녔다.

진료실에 들어가서 앉으면 차트를 확인한 의사 선생님은 눈을 가늘게 뜨고 쳐다봤다. '무슨 얘기 하려는지 알죠?'

"아직 이렇게 늘어날 때 아니에요. 12주인데 벌써 이러면 막달에 몸무게 앞의 숫자가 두 번 바뀌어요. 거짓말 같죠? 진짜예요. 진짜 그렇게 된다니까요."

의사 선생님은 말끝에 호탕하게 웃었다.

그 이야기를 옆 사람에게 전했더니 "어느 부분이 거짓말 같다는 거야? 절절하게 와닿는데" 하며 역시 큰 소리로 웃었다. 두 사람 다 내가 놀라운 몸무게에 도달하리라는 걸 믿어 의심치 않는 듯했다.

"웃으면서 할 이야기는 아닌 것 같아."

나는 어쩐지 입맛이 사라져서 먹던 것을 내려놓았다.

14주가 되면서 아랫배의 통증이 심해졌다. 배 전체를 콕콕 찌르는데 심할 때는 칼로 베면 이런 느낌이 나려나 싶을 정도로 아팠다. 아직 안정기에 접어든 게 아니라 걱정이 되었다.

초음파 사진 속의 아기는 눈사람처럼 둥근 모양이었고 팔을 마구 휘젓는 것처럼 보였다. 의사 선생님께 통증에 대해 질문하자 자궁이 커지느라 아픈 거라고 했다.

나 혼자 차지하던 모든 것이 아이에게 자리를 내주느라 혼란에 빠진 듯했다. 마음이나 생활뿐 아니라 몸도 아기를 위한 공간을 넓히기 위해 애쓰고 있었다. 배의 통증은 시간이 지날수록 가라앉았다. 자기 전에 배에 튼살 크림을 바르며 "아가" 하고 불러봤다. "아가"라고 나직이 부를 때 사람들은 누구나 너그러워질 것이다. 더 뚱뚱해지고 무거워져도 좋으니 마음껏 자라라. 나는 넉넉해진 기분으로 속삭였다. 말라깽이 시절은 추억만으로 충분했다.

우리는 모두
엄마의 배 속에서 살았지

거리를 걷다 보면 자연스럽게 그즈음에 유행하는 음악과 옷, 머리 스타일을 접하게 된다. 상점에서는 가장 인기 있는 노래가 흘러나오고 쇼윈도에는 그 계절에 제일 주목받는 상품이 진열되어 있다.

10대와 20대 때 나는 유행에 민감했다. 어떤 때는 머리부터 발끝까지 유행을 따랐고 그다음에는 온몸으로 유행을 거부했다. 30대가 되어 내 스타일을 갖게 된 뒤로는 유행이나 시류를 흥미로운 심정으로 구경했다. 번화한 거리에서 사람들의 모습을 관찰하는 일은 대체로 즐겁고 이따금 피로했다.

임신한 뒤 시내에 나갈 때마다 관심사가 변하고 있다는 게 느껴졌다. 임신 초기에는 봄처럼 발랄하게 거리를 누비는

젊은이들을 동경의 눈빛으로 쳐다봤다면 점점 나이 든 여자들의 배를 눈여겨보게 되었다. 임신한 티가 나거나 산달이 가까워 만삭이 된 여자들의 배, 캥거루처럼 아기 띠를 하고 가는 배, 나이가 지긋해 완경에 이르렀을 배, 엄마이거나 엄마가 되어가는 배를 보면 동지 의식이 생겼다.

엄마와 같이 나온 아기들을 보며 눈인사를 할 때도 있었다. 나와 상관없고 어떻게 대해야 할지 알 수 없던 아기들이 조금씩 다른 의미로 다가왔다. 모르는 사람이고 앞으로도 모르고 살아갈 가능성이 크지만 눈이 마주친 순간에는 같은 세계에 존재한다는 친근함이 전해졌다.

평일 대낮의 거리에는 임산부와 아기 띠를 매거나 유모차를 밀고 다니는 아기 엄마들이 꽤 많았다. 엄마 품에 안긴 아기들은 자거나 입을 오물거리며 주위를 두리번거렸다. 유모차에 탄 아기들은 발을 까딱거리거나 손가락을 빨며 몸을 들썩거렸다. 사람들은 그 옆을 바삐 지나가기도 하고 일부러 눈을 맞추며 돌아보기도 했다. 웃거나 손을 흔드는 사람도 있었다. 어른이 된 사람들에게 아기는 같은 사람이면서 자신과 전혀 다른 존재가 되었다.

임신한 뒤로 사람들을 보면 '남자도 여자도, 부자도 가난한 자도, 권력이 있는 사람이나 무력한 사람도, 지위의 높낮이에 상관없이 모든 인간은 엄마의 배 속에 머물다 세상에 나왔구나'라는 생각이 들었다. 누구나 아는 사실인데 이론이 아닌 실재로 다가왔고 비로소 확신하게 되었다. 우리는 모두 엄마의 배 속에 머물며 살았던 적이 있다.

　엄마의 상황이나 현실, 심리가 어떠했든 모든 엄마와 자식이 일정 기간 동안 한 몸으로 지내다가 분리된다는 사실이 경이롭고 숭고했다. 그것이 우리가 '엄마'라는 단어를 듣거나 발음할 때마다 묘한 감정에 사로잡히게 되는 까닭인지도 모르겠다.

많은 꿈 중에
태몽

평소에 꿈을 자주 꾸는 편이다.

내용이 생생할 때도 있고 일어나서 왔다 갔다 하고 밥을 먹는 동안 모래성처럼 생활의 파도에 휩쓸려 흔적도 없이 사라져버리는 경우도 있다.

꿈속에서의 감정을 생생하게 느끼는데 특히 눈물이 현실에 반영되는 경우가 많다. 자다가 울면서 깰 때도 있고 눈물이 귓속으로 흘러 들어가서 현실을 감각하며 꿈 밖으로 나오는 경우도 있다. 꿈의 잔상이나 느낌 때문에 까닭 없이 설레기도하고 오전 내내 찜찜할 때도 있다.

그런데 아이를 갖기 전이나 아이를 가진 뒤에 꾼 꿈 중에 태몽이라 할 만한 꿈은 전혀 없었다. 태몽이라고 하면 소설가가 된 지 이삼 년쯤 지났을 때 아는 언니가 내 태몽을 꾸었다고 주장한 게 전부였다.

"내가 색도 선명하고 아주 예쁜 당근을 너에게 줬거든."

그때는 아이 계획이 전혀 없었기 때문에 그게 내 태몽이 맞나 생각했고(그 언니의 태몽이 아닐까 의심했지만 그녀는 이미 삼 남매의 엄마였다) 그 얘기를 같이 들은 주변 사람들은 '당근이면 아들이다, 딸이다' 하며 각자의 주장을 펼쳤다. 성별을 알 수 없는 당근 얘기는 '아이를 낳을 생각이 없음'이라는 내 상태 때문에 다른 화제로 넘어갔다. 나는 그것이 새로 나올 책에 대한 꿈이 아닐까 생각했다.

지인들이 태몽이 무엇이었느냐고 물었을 때 몇 년 전의 당근 꿈이 떠올랐다. 그리고 모든 사람은 태몽을 갖고 태어나는가 궁금해졌다. 15주 차에 접어들어서야 태몽에 대해 궁금해하다니. 그런데 그때 내가 그것을 받았다고 했던가 아닌가 는 기억나지 않았다.

아이의 태몽을 꾼 건 엄마였다.

수조인지 대야인지 커다란 통 안에 든 금붕어 여러 마리 가 힘차게 헤엄쳤고 그 주홍빛이 선명하고 건강해 보였다고 했다. 손을 넣어 몇 마리 건져 올렸는데 꿈에서 깬 뒤에도 그 느 낌이 생생하게 남아 있다고 했다. 금붕어는 어떤 의미일까, 왜

금붕어 꿈을 꾸었을까 궁금하기도 했지만, 엄마는 이게 태몽
이라는 걸 어떻게 알았을까가 더 궁금했다.

남자 혹은
여자로 산다는 것

과일을 많이 먹고 고기가 싫어졌다고 하면 주변 사람들은 저마다의 경험과 전해 들은 이야기를 종합해 아이의 성별을 가늠했다. 그럴싸한 이유를 대는데 결과가 반반이라는 게 재미있었다.

"아들과 딸 중 뭐였으면 좋겠느냐"는 질문도 많이 받았다. '성별과 상관없이 건강한 아이였으면 좋겠다'고 생각하면서 머릿속으로 딸 혹은 아들과 함께 걷는 모습을 그려보았다. 아직 태어나지도 않은 아이의 성장을 짚어가는 동안 그 질문은 다른 형태로 바뀌었다.

이 세상에서 여자로 사는 것과 남자로 사는 것 중 어느 편이 나을까.

보드랍고 통통한 뺨과 작고 말캉한 발이 아니라 남자나 여자로 사는 것에 대해 생각하는 일은 난감했다. 성별과 상관없이 사람으로 살면서, 생명을 가진 존재로 살면서 존중받는 세상이 아니라 그런지도 몰랐다. 여자답게 혹은 남자답게의 삶이 아니라 사랑과 칭찬에 있어서는 풍족한 아이로, 물질에 대해서는 결핍을 아는 아이로 자랐으면 싶었다.

병원에서 초음파 검사를 받을 때마다 묘하게 설레었다. 배 속에서 일어나는 일들을 보는 건데 나와 상관없는 미지의 세계를 엿보는 것 같았다. 모니터 안의 움직임을 보고 있으면 내 배 속의 일이라는 게 믿기지 않았다.

병원에 다녀오면 가족들은 업그레이드된 초음파 사진을 보여달라고 졸랐고, 16주가 지나자 "성별은? 알려줬어?" 하고 물었다. 아이는 움직임이 많지 않고 옆으로 누워 다리만 천천히 들어 올렸다가 내렸다. 그 우아한 몸짓 덕분에 성별을 확인하는 타이밍이 자꾸 미뤄졌다. 아직 모른다고 하면 모두가 한마음이 되어 실망했다.

다음번에 확인할 수 있다고 하자 축복이는 아무래도 딸 같다거나 아들일 거라며 자신의 예감을 강조했다.

"이참에 투표를 해봅시다. 진 팀이 이긴 팀에게 밥 사는 거예요."

이렇게 제안한 건 바로 밑의 동생이었다.

아빠는 아들에 한 표, 엄마는 딸에 한 표를 던졌고 동생들의 표도 각각 나뉘었다. 시어머니는 한 명만 낳을 거면 딸이 좋겠다고 했고 시아버지는 말없이 웃으셨다. 친한 사람들이 딸을 많이 낳은 탓도 있고 여동생이 많아서 나는 아들보다 딸이 더 익숙했다. 딸과 팔짱을 끼고 나란히 걸어가는 장면을 상상하면 흐뭇해졌다.

초음파 화면을 보던 의사가 "딸을 원해요? 아들이 좋아요?" 하고 물었다. 화면 속의 아이는 모처럼 얼굴을 보여줬다가 팔로 가렸다가 분주히 움직였다. "오늘은 알 수 있나요?"라고 묻자 의사가 흰 점을 가리키며 "요기 보이시죠?" 하고 웃었다. 나로서는 아무리 눈을 크게 뜨고 봐도 아들이나 딸의 징후를 발견할 수 없었다.

"고놈 참 실하네요."

처음에는 무슨 뜻인지 몰라 멍하게 있었고 이해한 뒤에는 어쩐지 믿기지 않아서 꼬물거리는 모습만 쳐다보았다. 아들이라니. 내가 남자아이를 키우게 된다니. 이미 내 안에서 일어나고 있던 일인데 알게 된 순간 바로 일어난 사건 같았다.

"진짠가요?"

의사는 무슨 뜻인지 알겠다는 듯 큰 소리로 웃었다.

"딸 같은 아들도 많아요."

'아들도 키우기 나름'이라며 위로했다.

병원에서 나와 양가 부모님께 전화를 드리고 지인들에게도 메시지를 보냈다. '축복이는 아들이다'라는 요지의 소식을 전하는 동안 나는 천천히 아들의 엄마가 되어갔다.

'애를 군대에 보내야 하는구나, 어떻게 보내나.'

벌써 먼 훗날의 일이 걱정되었고 옆 사람을 닮은 아들이면 좋겠다고 간절히 바라게 되었다. 의례적인 축하와 감탄 섞인 인사를 받은 뒤에 딸을 키우는 친구의 메시지가 도착했다.

"야, 딸 엄마는 싱크대 앞에서 죽고 아들 엄마는 현관문 앞에서 죽는다더라. 넌 싱크대 싫어하는데 잘됐다."

그 메시지를 보며 나는 웃고 말았다. 아들, 딸에 상관없이 엄마는 결국 자식을 위해 버둥대다가 죽는 거구나. 아빠로 산다는 것도 크게 다르지 않을 것이다. 그러자 아들, 딸이 아니라 그저 내게 온, 나를 닮은 아이일 뿐이라는 생각이 들었다. 눈을 감고 입을 조금 벌린 옆모습이 담긴 초음파 사진을 오래 들여다보았다.

배려의
의미

　매일 정해진 시간에 출퇴근하는 사람이 아닌데도 가끔 볼일을 보러 나가거나 금요일 저녁에 신촌으로 강의를 하러 갈 때면 임산부가 대중교통을 이용한다는 게 힘든 일이구나 싶었다. 임신 초기에는 배가 나오지 않아 자리를 양보받기 어려웠고 그 뒤에는 대중교통 이용 시간이 어르신들이 활동하는 시간대와 겹치다 보니 빈자리를 찾기 쉽지 않았다. 임산부 배려석이 종종 눈에 띄었지만 사람들은 그 자리의 의미에 대해 특별히 신경 쓰지 않는 듯했다(몇 년 사이 사람들의 의식이 많이 달라져서 요즘은 잘 지켜지는 것 같습니다). 따뜻한 표정, 눈빛과 함께 자리를 양보받을 때도 있지만 아주 가끔이었다.

　18주 정도라 크게 힘들진 않는데 배가 많이 나와서 그런 모양새로 서 있는 게 민망했다. 부른 배를 힐끔거리면서도 서로 양보를 미루는 난처한 눈빛들과 임산부 배려석에 앉아 고개를 푹 숙인 채 휴대폰으로 게임을 하는 정수리, '노약자석에 가지, 왜 여기에서 배를 내밀고 서 있느냐'며 불편한 기색을 내비치는 사람들을 볼 때면 마음이 복잡해졌다.

'나는 자리를 구걸하기 위해 서 있는 게 아닙니다.'

팻말이라도 만들어서 목에 걸고 싶어졌다.

버스는 지하철보다 상황이 더 안 좋았다. 버스와 지하철의 손잡이를 잡고 선 채 나는 대중교통으로 출퇴근하는 임산부들에 대해 생각했다. 일터로 나가는 하루의 처음과 끝. 아이를 갖거나 낳는 게 유세는 아니지만 생명은 소중하고 그들은 약하니 배려하면 좋지 않을까. 결혼하거나 아이 낳기가 쉽지 않은 세상에서 그들은 몸도 힘들고 마음까지 다치며 일터와 집을 오가는 게 아닐까 싶은 생각이 들자 마음이 짠해졌다.

물론 나도 안다. 대중교통을 이용하는 사람들에게 자리를 양보하는 일이 그저 엉덩이를 붙일 수 있는 좁은 공간을 내어주는 것만이 아니라 오래 기다린 휴식이나 다디단 토막잠을 양보하는 행위라는 걸. 그리고 어떤 사람들은 그런 배려에 대해 헤아리지 않은 채 당연히 양보받아야 한다는 듯 자리를 차지해버린다는 걸.

　그럼에도 불구하고 당신이 임산부에게 자리를 양보한다면, 그건 눈앞의 사람에게만 자리를 내어주는 게 아니라 그 안에서 살고 있는 아기, 외출한 여자와 아기의 안부를 염려하는 많은 사람들을 한꺼번에 배려하는 일이 된다. 그러니 임산부들에게 자리를 양보해주시기를 간곡히 부탁드린다.

짐승의
시간

    아이가 딸일지도 모른다고 생각했을 때는 밖에 나가면 여자아이들만 보였다. 분홍색 우주복을 입고 유모차에 누워 있는 아기부터 고무줄로 몇 가닥 안 되는 머리를 묶고 아장아장 걷는 아이와 타이츠에 레이스가 달린 치마를 입거나 리본이 달린 구두를 신고 뛰어가는 여자아이들까지. 그 애들의 목소리는 참새처럼 귀엽고 솜사탕처럼 달콤했다.

    배 속의 아기가 아들이라는 걸 안 다음 날부터 신기하게도 남자아이들이 눈에 들어오기 시작했다. 거리에는 남자들이 넘쳐났다. 세상의 반이 남자가 아니라 대부분이 남자인 것 같았다. 아직 남자아이의 귀여움에 대해서는 눈을 뜨지 못했고 어떻게 키워야 할지 감도 잡히지 않았지만 나는 남자아이들을 열심히 관찰하고 남자에 대해 골똘히 생각했다. 자동차와 로봇을 좋아하고 총과 공룡을 가지고 놀겠지. 자전거를 타고 공을 던지고 쿵쿵거리며 뛰어다니고……. 특별히 관심을 가져 본 적이 없는 남자아이들의 기호와 성장 과정에 대해 두서없이 그려봤다.

내가 남자아이에 대한 얘기를 꺼낼 때마다 옆 사람은 "장난감은 많이 안 사줄 거야" 하고 대꾸했다. 왜 그러냐고 묻자 "남자아이는 강하게 키우고 싶다"고 했다.

"왜? 남자애는 왜 그래야 돼? 남자애도 좀 예뻐하며 키우면 안 돼?"

내가 따지고 들자,

"너무 예뻐하면 버릇 없어질까 봐. 결핍에 대해서도 좀 아는 애였으면 좋겠어."

아들 바보가 될까 봐 조심하는 눈치였다(지금은 저보다 장난감을 더 많이 사주는 아들 바보입니다).

18주 차에 평소 흠모하던 C선생님의 출간 기념 모임에 참석하게 되었다. 조촐한 자리였는데 그 자리에 모인 여자들은 모두 형제나 남매, 아들을 키우는 엄마들이었다. 내 부른 배를 보고 "어머, 몇 개월이야?" "잘됐어요, 축하해" 하며 반가워해 주셨다. 오붓한 자리라 글을 쓰는 유부녀들만이 할 수 있는 대화가 오갔고, 어디 가서 이런 얘기하면 욕먹겠지만, 내 생각에는 말이야, 같은 단서가 자주 따라붙었다.

"아이를 낳은 뒤에 비로소 어른이 되는 것 같아. 그런 면에서 남자들은 영원히 애야."

K선생님의 말에 몇 사람이 고개를 끄덕거렸다.

"근데 아들을 낳으면 어른이 되기 전에 짐승의 시간이 먼저 와."

C선생님의 말에 아들 엄마 선배들이 일제히 웃음을 터뜨렸다.

"남자애들은 진짜 힘세고 활동량 많고 극성스럽거든. 그거 따라다니다 보면 한동안은 그냥 짐승으로 사는 거야. 그걸 지나야 인간이 되고 어른이 돼."

아직 남자아이를 낳지도 키워보지도 않은 나로서는 그림이 잘 그려지지 않았다. 나의 관심은 오로지 '엄마가 되면 인간과 세계에 대한 이해가 깊어져 소설을 쓰는 데 도움이 되는가' 뿐이었다. 그 질문에 다들 "그게 꼭 그렇진 않지" 하며 웃었다. "그 대신 삶이나 시간의 밀도가 훨씬 촘촘해진다"고 했다.

"소설은 잘 모르겠고 시간을 아까워하면서 살게 되는 건 확실해(지금은 나도 이 말에 백 퍼센트 공감한다. 소설은 정말 모르겠고요)."

나는 선배들에게 또 물었다.

"다시 태어나도 엄마가 되실 건가요?"

그건 세상의 모든 엄마들에게 하고 싶은 질문이었다. 힘들지만 엄마가 된 게 제일 잘한 일이라는 파와 애가 문제가 아니라 결혼 자체를 안 하고 철저히 고독을 즐기며 살겠다는 파로 나뉘었다.

예전에는 아이와 관련된 얘기에 관심도 없고 아는 것도 없어서 화제가 그쪽으로 흘러가면 잠자코 듣기만 했다. 이따금 웃거나 신기해하면서도 속으로 '무자식이라 다행이다' 하며 안도했다. 그런데 궁금한 것도 많고 새롭게 알게 되는 것도 많아 나는 자꾸 수다스러워졌다. 소설 쓰는 선배들과 이런 얘기를 나누는 시간이 오리라곤 생각해본 적이 없었다.

집으로 돌아오며 내 삶에 펼쳐질 '짐승의 시간'에 대해 상상해봤다. 그건 마치 그림으로 보는 독수리나 티라노사우루스의 모습과 비슷할 것 같았다. 그래도 나는 짐작하는 걸 멈추지 않았다.

그때 나에게 짐승의 시간에 대해 얘기하시던, 아이가 생기면 쓰는 게 느려지지만 깊어질 거라고 응원해주셨던 분은 소설가 정미경 선생님이시다. 두 번째 뵙는 것이었고 아이를 낳고 나면 또 보자고 느슨하게 약속했는데 영영 뵐 수 없게 되었다. 묻고 싶고 나누고 싶은 얘기가 많았으나 무심하게 한 분의 사랑하는 소설가이자 선배님을 떠나보내게 되었다.

선생님이 아픔 없는 곳에 계시기를 간절히 기원합니다.

다시
커피

19주가 되자 입덧은 완전히 가라앉았다.

평소의 입맛으로 돌아온 상태에서 복숭아, 자두, 수박 등 즐겨 먹는 과일만 더 늘었다. 당도와 수분 함량이 높은 과일 덕분에 집 안에는 달콤한 냄새가 떠돌았고 몸무게는 착실하게 늘었다.

입덧이 끝났다는 걸 확인한 뒤 제일 먼저 시도해본 건 커피였다. 일하러 간 카페에서 뜨거운 아메리카노를 주문한 뒤 기대 반 염려 반의 심정으로 첫 모금을 마셨다.

고대하던 첫 모금을 마시고 카페 창밖을 내다봤을 때 나는 감격에 젖었다. 머그잔 안의 커피는 뜨겁고 고소하고 진했다. 오래 아픈 뒤에 몸을 추스르고 나서 마시던 커피의 맛과 같았다. 학창 시절의 친구를 오랜만에 만났는데 그 시절의 친밀함과 유쾌함이 우리 사이에 여전히 흐르고 있음을 확인한 것 같았다. 나는 그리움과 설렘이 응축된 커피의 맛을 음미하며 반 잔쯤 마셨고 컵을 내려놓으며 나지막이 감탄했다.

임신을 통과하며 엄마가 되어도 나의 어떤 부분은 고유한 나로 존재하리라는 믿음을 확인하게 된 것 같았다. 내가 사라질지도 모른다는, 많은 것이 변해 정신을 차릴 수 없을 거라는 걱정 속에서 버틸 수 있는 힘을 얻었다. 커피 맛을 되찾는다는 건 예전처럼 시도 때도 없이 마시며 새벽까지 깨어 있겠다는 의미가 아니라 일상의 소소한 즐거움을 하나 더 갖게 된다는 기쁨에 가까웠다.

엄마가 행복해야 아기도 행복한 거니까 나만의 커피 타임을 즐기기로 했다.

안부를
묻다

　성격이 살갑지 못해서 가족은 물론이고 친한 사람들에게
도 연락을 자주 하는 편이 아니다. 마음으로 10만큼 궁금해하
고 그리워한다면 실제로 전화하고 안부를 묻는 건 1이나 2쯤
된다고 할까. 그래서 친구에게 서운하다는 얘기를 듣기도 하
고 사과할 일도 생긴다. 오랜만에 걸려오는 전화나 메시지가
반가우면서도 이상하게 먼저 전화를 걸지 않게 된다.

　임신을 한 뒤로는 사람들과 안부를 주고받는 횟수가 늘어
났다. 낮잠을 자고 일어나거나 가방에 넣어둔 휴대전화를 꺼
내 확인하면 언제나 부재중 전화 표시가 떠 있곤 했다. 가족과
지인들은 나와 배 속 아기의 안부를 궁금해했고 병원에 다녀
오면 의사 선생님이 뭐라고 했는지, 초음파 사진을 찍었는지

물었다. 덕분에 내가 휴대전화에 대고 제일 많이 하는 말은 "잘 지내, 괜찮아, 건강해, 고마워"가 되었다.

두 딸을 키우는 후배와 나보다 3개월 먼저 임신한 후배, 두 사람과는 자주 통화하고 오래 이야기를 나누는 사이가 되었다. 임신과 출산을 먼저 경험한 뒤 육아의 세계에서 활동 중인 후배는 임신 기간을 느긋하게 즐기라고 독려했고, 3개월 먼저 임신한 후배는 생생한 경험담을 전한 다음 언제나 예고편을 남겼다.

"언니, 이제 이런 증상이 나타날 거예요. 앞으로는 이걸 조심해야 돼요(모든 걸 나보다 한발 앞서 겪은 터라 그녀와의 통화는 「무엇이든 물어보세요」 코너 같았다)."

"언니, 태동 경험했어요? 보통 20주 넘으면 느껴지는데."

늦은 임신에도 불구하고 특유의 느긋함 때문에(사실 게으름이라고 표현하는 게 맞다) 나는 임신과 관련된 책을 열심히 읽지도, 관련 강의를 듣거나 베이비 페어에 다니지도 않았다. 태동이 뭔지는 알았지만 벌써 그걸 겪을 때가 된 줄은 몰랐다.

"태동? 기분이 어떤데?"

후배는 흥분한 목소리로 설명했다.

"……언니, 그건 직접 느껴봐야 해요. 아무리 설명해도 몰라요. 정말, 어메이징 그 자체예요."

전화를 끊고 나서 나는 꽤 많이 나온 배를 쓰다듬었다. 후배의 말대로 온몸의 감각을 배와 손에 집중시켜봤으나 아무 느낌이 없었다. 20주가 지났는데 왜 움직임이 없지? 내가 둔한 건지 이 녀석이 느린 건지 알 수 없었다.

20주 태동, 하고 검색해서 관련된 글을 읽으며 태동을 느끼는 시기나 느낌 모두 개인차가 크다는 걸 알게 되었다. 병원에 갈 때마다 의사 선생님이 건강하다고 했으니 태동과 상관없이 아기는 배 속에서 계속 꼬물거리며 움직일 것이다. 아직 나에게 전해질 만큼 활발하지 않지만 곧 쿵쿵거리며 안부를 전할 거라고 생각하니 안심이 되었다. 검색 창을 닫으며 다시 예전의 느긋한 나로 돌아갔다.

모든 걸 때에 맞춰 할 필요는 없지. 조금 느려도 괜찮아.

설렘 속에서 태동을 느끼게 될 순간을 기다리기로 했다.

나
여기 있어요

"중부지방이 문제야. 농사지을 것도 아닌데 너무 비옥해져서 큰일이야."

임신 전에 친구와 나잇살에 대해 이야기하다가 이 말 때문에 한참 웃었다. 관리를 잘해서 20대 때와 비슷한 체격을 유지하는 친구들도 있지만 40대가 되면 대체로 군살이 붙었다. 그런데 중년의 비만이라는 게 등과 배, 허리, 팔뚝과 허벅지에만 살이 붙고 볼은 쑥 들어가서 볼품없어 보이는 경우가 많았다.

임신한 뒤로는 중부지방이 더 풍성해졌다. 사실 중부지방이라고 한정지을 것도 없이 전 국토가 풍요로워졌다. 그런데 체중이 늘어나는 걸 당연하게 받아들이고 나자, 어디 나라는 인간이 얼마나 찔 수 있나 볼까, 장난기가 발동했다.

"나 말리지 마."

옆 사람에게 큰소리치자 "나보다 더 나가지만 않으면 됩니다" 했다(옆 사람이 키도 크고 몸무게도 많이 나가는 분이라 감사합니다).

많은 얘기를 전해 듣고 그것에 대해 자세히 표현한 글을 읽어도 짐작하기 어렵던 태동이 22주쯤 찾아왔다. 배 밑에서부터 천천히 움직임이 느껴졌다. 배 속이 전반적으로 꿀렁거릴 때는 소화가 안 돼서 그러는가 싶었는데 배의 아래쪽이 움직이는 기분이 연달아 찾아오자 이게 태동인가 싶었다. 시간이 지나자 배 속에서 물방울이 연속적으로 튀어 오르는 것 같은 느낌이 이어졌다. 초음파 화면을 처음 봤을 때는 저게 내 배 속에서 일어나는 일이라는 사실이 신기해서 입이 벌어졌는데 태동은 그 시각적 세계가 촉각으로 변해 온몸으로 번져나가는 기분이었다.

하루 이틀, 한 주 두 주가 지날수록 움직임과 느낌이 점점 강해졌다. 안에서 누가 움직인다는 걸 확신할 수 있을 정도가 되자 옆 사람과 동생들은 툭하면 "움직여?" 하고 물어봤다. 지금 움직인다고 얘기하면 "진짜? 어디야? 여기야?" 하며 청진기처럼 배 위에 손을 올렸다. 누가 내 배를 만진다는 게 이토록 자연스럽다는 사실이 이상했다. 아빠가 될 손과 이모가 될 손은 배 위에서 어떤 메시지를 수신하듯 조용히 움직임을 기다렸다. 그러나 아기는 잘 움직이다가도 누군가 손을 대면 눈치 빠르게 알아차리고 시치미를 뚝 뗐다.

"축복아, 아빠야. 이모야."

옆에서 인사를 건네고 서운함을 드러내고 모종의 협박을 해도 꿈쩍도 하지 않았다. 그 사람이 치사하다면서 손을 치운 뒤에야 조심스럽게 툭툭 신호를 보냈다.

'나 여기 있어요. 조금만 더 기다려주세요'라고 말하는 듯.

옷을 고르는
새로운 기준

　평소에도 옷을 여유 있게 입는 편이라 임신 초기와 중기
까지는 임산부 옷을 사지 않았다. 갖고 있던 원피스나 밴드형
바지를 입고 다녔는데 20주가 넘자 배를 덮는 속옷과 임부복
이 필요해졌다. 임신 중기인데 사람들이 임신 후기로 오해할
만큼 배가 많이 나왔고 발도 부어서 임신 전이나 초반에 신던
신발은 불편했다.

　글쓰기 수업을 하러 갈 때마다 옷장 문을 연 채 이 옷 저 옷
꺼내어 몸에 대보고 입어보았다. 몇 번은 꽉 끼는 옷을 입은 채
나 혼자 웃기도 하고 어떤 날은 최후의 무기다 싶은 옷을 꺼내
뒤집어썼지만 결국 임부복을 검색할 수밖에 없었다. 그리고
임산부를 위한 속옷과 바지와 레깅스 몇 가지를 주문했다.

충동적으로 구매한 건 복대였다. 배 전체를 감쌀 수 있게 디자인 된 복대와 후기에 올라온 실제 착용 모습을 본 순간, 나에게 필요한 게 복대라는 걸 확신했다. 처지기 시작하는 배에 저 복대를 두르기만 하면 한 손으로 아랫배를 받친 채 걷지 않아도 되겠구나, 일상생활에서 빨리 움직여야 할 때 부담을 줄일 수 있겠구나 싶었다. 가족들에게 복대를 주문했고 기다리는 중이고 너무 기대된다고 했더니 임산부도 복대를 하는구나 하며 신기해했다.

예전에는 옷을 고를 때 날씬해 보이는지, 가지고 있는 가방이나 신발과 잘 어울리는지, 아름다움과 조화가 옷을 고르는 목적이었다면 이번 쇼핑에서는 오로지 배를 편하게 하고 움직이기 좋은지를 최우선에 두었다. 머리도 파마를 하지 않으려고 평소의 단발보다 좀 더 짧게 잘랐고 약간의 뻗침은 감수하기로 했다. 평소의 나라면 애 때문에 이렇게까지 희생해야하나 투덜거릴 법도 한데 그런 마음이 들지 않는 게 이상했다.

부르면
꽃이 될 이름

중학생 때 단짝이었던 친구의 이름은 남자 같았다.

학기 초 앞뒤 자리에 앉게 된 계기로 친해졌는데 그 애는 공교롭게도 자신과 이름이 같고 성만 다른 남자애와 짝이 되었다. 반 친구들은 두 사람의 이름표를 보며 "○○끼리 짝이 되었네"라고 한마디씩 했다. 친구는 남자 같은 이름 때문에 벌어지는 해프닝에 익숙하다는 듯 초연한 얼굴이었지만 나는 둘이 서먹하게 앉아 있는 장면이 꽤 인상적이었다.

그 남자애가 얼마 뒤 전학을 가는 바람에 그 일은 곧 잊혀졌다. 친구들은 성이 다른 두 사람의 일을 잊었지만 나는 단짝 친구의 이름을 부르고 그 이름을 적으며 편지를 쓰는 동안 그 애의 이름이 남자 같다는 사실을 완전히 잊어버렸다. 그건 그냥 그 애만의 이름, 가장 친하기 때문에 자주 부르는 이름이 되었다.

단짝 친구나 중학교 때 친구들에게 이 이야기를 하면 "너는 어떻게 그걸 기억하니?" 하며 놀랐다. 그건 내 기억력이 남달라서라기보다 이름에 대한 관심이 많았기 때문일 것이다. 어릴 때부터 나는 빨강머리 앤이 다이애나의 이름에 감탄하고 부러워한 것처럼 일기장 한 귀퉁이에 좋아하는 이름의 목록을 적어두곤 했다(소설을 쓴 뒤로는 등장인물로 쓸 만한 이름들을 모아두었다). 나는 받침이 하나도 없는 내 이름이 밋밋하다고 생각해서 늘 받침이 있는 이름을 좋아했고, 그 이름을 부르거나 적고 싶어서 친구들의 이름이 그것이기를 바라곤 했다.

이름이란 뭘까. 존재와 아무 상관없는 껍데기 같으면서도 그를 부르고 인식하는 유일에 가까운 기호라는 점에서 존재와 깊이 닿아 있었다.

임신 25주 차가 되면서 슬슬 아이의 이름을 지어야 하지 않을까 하는 압박감이 생겼다. 확정까지는 아니더라도 몇 개의 후보를 만들어놓아야 나중에 우왕좌왕하다가 엉뚱한 결정을 내리지 않을 것 같았다. 이름을 짓는 건 태명을 붙이는 것과 달라 고민이 되었다. 태명이 1년 동안 쓰는 별명 같은 거라면 이름은 아이가 평생 가지고 갈 표식, 사람들이 아이를 떠올리고 부를 때마다 사용하게 될 이미지였다. 남자아이라고 너무 남자다움을 강조하는 것도, 좋은 뜻을 주겠다고 무거운 이름을 붙이는 것도 싫었다.

살다 보면 이름이 사람의 이미지와 잘 맞아서, 혹은 너무 달라서 기억에 남는 경우가 있다. 이왕이면 아이에게 잘 어울리는, 부르는 사람도 듣는 사람도 기분이 좋아지는 이름이었으면 좋겠다는 바람이었다.

세상과 나를
잇는 존재

　아기는 배 속에서 5개월이 되면 소리를 들을 수 있다고 한다. 이때부터 태담이 가능하고 태교를 적극적으로 해도 좋다는 것이다.

　손을 많이 움직이면 배 속의 아이한테 좋다고 해서 아이에게 줄 인형을 만들거나 손뜨개, 바느질을 배우는 예비 엄마들도 많았다. 아이를 위해 직접 턱받이, 손 싸개를 만들고 모빌과 배냇저고리를 준비하는 엄마들을 보면 부럽기도 하고 대단하다 싶었다.

　"나도 한번 해볼까?"

　옆 사람에게 묻자 "그거 한다고 스트레스 더 받는 거 아냐?" 걱정스레 되물었다.

평소의 손재주를 생각해보면 실제로 쓸 수 있는 물건을 만들 확률은 제로에 가까웠다.

"손을 움직이는 게 좋다면 차라리 콩나물을 다듬는 게 낫겠다."

분명히 멀쩡한 헝겊과 실만 버릴 거라는 옆 사람의 의견에 동의해 나도 실현 가능한 태교만 하기로 했다.

평범하고 무난한 것으로는 클래식 듣기와 동화책 읽어주기가 있었다. 평소에도 글을 쓸 때는 가사가 있는 노래보다 연주곡이나 클래식을 즐겨 듣는 편이라 특별히 CD를 사거나 찾아 듣지는 않았다. 동화책을 읽어주거나 태담을 나누는 건 쑥스럽고 익숙하지 않아서 손을 얹은 채 텔레파시를 보내듯 마음속으로만 속삭였다.

'축복아, 안녕. 뭐 하니? 지낼 만하니?'

'건강하라'고, '잘 먹고 잘 자는 아기였으면 좋겠다'고 당부하고 나면 기다렸다는 듯 걱정이 하나둘 줄을 섰다.

아이가 없을 때는 세상일에 무심한 편이었다. 어차피 세계는 망해가는 중이고 나는 죽으면 그만이라는 생각이 지배적이었다. 그런데 아이가 생기자 나와 세상, 나와 미래 사이에 연결고리가 생겨버렸다.

세상으로 눈을 돌리는 순간 시름이 깊어지고 걱정이 자라났다. 공기의 질이 이렇게 나쁜데, 북극의 빙하가 자꾸 녹는데,

사람과 생명을 함부로 대하는데 괜찮을까. 여자로 사는 것도 남자로 사는 것도 아이나 어른, 동물로 사는 것 모두 녹록지 않았다. 그런데 이런 곳에서 아이가 태어나고 자라고 살아가야 했다. 그런 걱정의 굴레에서 조금이나마 자유로워지고 싶어서 오랫동안 아이 없는 삶을 고집해왔던 건데 이제는 뒤를 돌아보는 것이 의미 없었다.

나에게는 사랑하는 사람을 위해 이 세계를 유지하고 고쳐나가야 할 책무만이 남아 있다. 지금도 이후에도 이곳은 사람이 사는 세상일 테고 차근차근 썩어가는 중에도 양심과 진심은 존재하고 빛을 발할 테니까, 내가 할 수 있는 일을 찾아야 했다. 그리고 온 힘과 마음을 다해 아이가 이 세상에서 씩씩하게 살아가기를 바라는 수밖에 없었다.

배에 손을 얹고 내가 가장 많이 한 말은 '축복아, 몸과 마음 모두 건강해라'였다. 어쩌면 태교는 아이에게 좋은 것을 주는 것이 아니라 엄마와 아이가 가장 평안한 상태를 유지하는 것, 어떤 상황에서도 근심보다는 희망을 품는 것인지도 몰랐다.

한 팀이
된다는 것

예능 프로그램에서 연예인 부부의 사진을 합성해서 2세의 얼굴을 만드는 걸 볼 때마다 불편했다. 궁금해서 재미로 해본다는 취지는 이해하지만 관례처럼 자리 잡는 건 악취미다 싶었다.

연예인이 아니더라도 우리의 아이가 어떻게 생겼을까 궁금해하는 건 당연하고도 일반적인 심리지만 사람은 조립식이 아니고 단순한 합성으로 만들어지지 않는다. 물론 아빠와 엄마의 외형과 성격을 섞어서 보기를 몇 개 만들고 그중에 한 가지 유형을 고르는 거라면 인간의 삶은 훨씬 더 간단하고 쉬워졌을지도 모르겠다. 그만큼 심심해졌을 가능성도 크지만.

가끔 나를 닮은 남자아이에 대해 생각해보았다. 그건 많은 상상력을 필요로 하는 일이었다. 나의 기본 성향과 내 안의 남성적인 부분, 옆 사람의 평소 성격을 꺼내 한자리에 모아놓으니 비슷한 점과 장단점이 고르게 보였다. 나의 이런 단점과 옆 사람의 저런 단점을 닮으면 사는 게 고달플 텐데. 나는 배를 쓰다듬으며, 아빠와 엄마의 장점을 닮은 아이였으면 좋겠다고 주문을 걸었다.

그러지 않겠다고 해놓고도 앞으로 아이를, 아들을 어떻게 키워야 하나, 좋은 엄마가 되려면 어떻게 해야 하나 걱정하다가 한숨을 쉬는 일이 늘었다. 옆 사람에게 고민을 털어놓자(망해가는 세상에 대한 얘기는 하지 않았다) '그건 걱정하는 것처럼 보이지만 되게 권위적이고 이기적인 생각 같아'라고 충고했다.

"아기일 때는 어쩔 수 없지만 그다음에는 셋이 같이 살아가는 거지, 누가 누구를 키우고 인생을 책임지는 건 아닐 거야. 우리가 그 아이를 감당한다고 생각하거나 걔 인생을 어떻게 해줘야 한다고 생각하면 아이도 그 감정을 느끼지 않겠어? 그냥 사랑하는 사람이 한 명 더 늘어난다고 생각하자."

옆 사람의 말을 들으며 나는 기분이 상했다. 권위적이고 이기적이라니, 그건 내가 아주 싫어하는 단어였다. 언제나 그런 어른이 되지 않으려고 애쓰며 살아왔는데 자식 때문에 그런 얘기를 듣다니.

"그냥 새로운 친구가 한 명 더 생기는 거야."

기분은 상했지만 옆 사람이 한 말의 의미를 곰곰이 생각하는 동안 마음이 차분해졌다.

우린 한 팀이고 업무나 프로젝트가 주어지는 게 아니라 팀원이 한 명 더 늘어나는 것이다. 아기를 잘 키우고 가르쳐서 어떻게 하겠다는 생각 말고, 새 친구가 오면 같이 재미있게 지내야겠다, 어디에 가서 무엇을 보고 같이 뭘 하고 놀까 고민해 봐야겠다. 그렇게 생각의 방향을 바꾸자 마음이 따뜻해졌다.

"아주 괜찮은 놈이 들어올 거야. 기대해보자고."

옆 사람은 그렇게 말하며 내 어깨를 툭 쳤다. 그 말은 좋았다. 우리를 닮았으니 아주 괜찮을 아이일 거라는 말은.

몸의
변화

임신 전에 내가 상상했던 임산부는, 그리고 수많은 드라마와 영화에서 보여줬던 임산부는 원래의 얼굴과 몸에서 배만 동그랗게 나온 모습이었다. 그들은 배가 나왔지만 아기를 가져서 표정이 온화하고 몸의 곡선은 더 아름다워 보였다.

그런 임산부가 될 거라고 기대했던 건 아니지만 이런 임산부가 될 줄도 몰랐다. 어느 정도의 우아함은 보장받고 싶었는데 임신 초기를 벗어나 중기에 접어들면서 배와 상관없이 손발이 심하게 부었다. 얼굴색도 칙칙하고 뾰루지도 자주 올라왔다(한마디로 몰골이 말이 아니었다).

임신한 뒤로 피부가 더 좋아지는 사람도 있다던데 나는 해당 사항이 없구나, 애가 커질수록 나는 못생겨지는구나, 그런데 왜 못생겨지는지 알 수 없어 서글픈 날들이 이어졌다.

"어디 아픈 건 아니지?"

가족들도 볼 때마다 물었다. 오랜만에 만나는 친구들은 "애 손 가늘고 예뻤는데 부은 것 좀 봐" 하며 놀랐다. 일 때문에 만나는 사람들도 부은 얼굴을 보고 조심스레 "살 많이 찌셨네요" 했다. 임신 전에 한 번 뵈었던 분과 다시 만날 일이 있었는데 나를 못 알아보는 사태까지 발생했다("그럴 수 있지요"라고 말하며 속으로 울었습니다). 옆 사람은 못생겨지는 나를 보며 괜찮다고 나아질 거라고 위로했다.

붓고 못생겨지는 게 아들을 가져서 그렇다는 얘기도 있고 (왜 때문에 그런 걸까요) 아기와 합이 안 맞아서 그렇다는 의견도 있었다(이건 태어나기 전부터 너무 슬픈 거 아닙니까).

의사 선생님은 체질 문제, 호르몬 변화 때문이라고 했다.

"임신하고 영 안 맞는 거군요."

내 말에 의사 선생님은 예의 그 호탕한 웃음을 터뜨렸다.

"좋게 생각해요. 임신 체질이라서 임신할 때만 뽀얗고 예쁜 것보다 낫지 않아요?"

그건 그렇지요. 그런데 그건 예전의 모습으로 돌아간다는 전제하에 가능한 말인 것 같았다.

하지 않을
용기

　임신 6개월에 접어들면서 무게 중심이 출산으로 옮겨갔다. 인터넷 카페에는 '출산 전에 준비해두어야 할 것들' 같은 제목의 글들이 올라왔다.

　'미리', '준비'라는 단어를 보면 중요한 시험이나 여행을 앞둔 것처럼 약간의 긴장감과 두려움에 빠졌다. 임신 중기에 들어서면 산후 조리원을 예약해야 하고 임산부를 위한 요가나 운동을 시작해야 했다. 베이비 페어에 가서 필요한 물건을 미리 장만하는 사람, 해외로 태교 여행을 다녀오는 사람들도 많았다.

　산후 조리원을 알아봐야 하고 태교 여행도 가고 싶고, 사야 할 물건들의 리스트도 만들고 무엇을 어디에서 살지도 결정해야 하지만, 마음이 급해질수록 천천히 숨을 고르자고, 내 속도에 맞게 움직이자고 다짐했다. 남들처럼, 이라거나 늦게 낳는 첫아이인데, 라는 상황에 붙들리기 시작하면 마음은 한없이 약해지고 무리한 계획을 세우다가 분수에 넘치는 소비를 하게 될 것 같았다.

준비란 물품부터 마음가짐에 대한 것까지 모두 포함했다. 내가 준비해두고 싶은 건 좋은 유모차나 아기 침대, 만삭부터 두 돌까지 촬영하는 성장 동영상만이 아니었다. 쓰던 소설을 잘 마무리해서 출판사에 보내고, 새로운 소설의 시놉시스를 만들어놓고, 옆 사람과 둘이 보내는 시간을 많이 갖는 것이었다. 아이에게 필요한 물건을 정성스럽게 준비하는 것도 중요하지만 어떤 것을 사지 않고 무엇을 하지 않을지 결정할 필요도 있었다. 첫아이고 노산이라 귀해서 다 주고 싶지만 바로 그 이유 때문에 조금 단호해지고 거절할 수 있는 용기가 필요했다.

옆 사람과 나는 오래 쓰지 않는 것들은 최대한 얻어 쓰자고 결심했고 주변 사람들에게 알렸다. 다행히 "유모차는 내가 줄게, 기저귀 가방은 내가 줄게" 하며 많은 분들이 쓰던 물건을 나눠주기로 했다.

옆 사람과 나는 산책을 시작했다. 좀 더 움직이라는 의사 선생님의 조언도 한몫했고 둘이 보내는 시간을 늘리기 위해 저녁마다 한 시간씩 집 주변을 걸었다. 사람들이 주기로 한 아기 욕조와 보행기와 유모차에 대해 얘기하자 옆 사람이 "얘는 참 복이 많은 아이야" 했다. "받은 만큼, 아니 그보다 더 베푸는 아이가 되었으면 좋겠다"고 덧붙였다.

아이가 태어나도, 크는 동안에도 지금의 이 마음, 주변 사람들에게 감사한 마음, 검소하게 키우기로 결정한 것을 잊지 말자고 다짐했다.

덧붙이는 글: 막상 아이를 키워보니 '육아는 장비발'이라는 걸 온몸으로 절감하게 되었다. 육아는 검색과 주문과 배송의 연속이고 인터넷 쇼핑이 돕는 것이다. 검소하게 아이를 키우기가 정말 어렵다.

부모가 되기로
선택했습니까?

학생 때 제일 싫어하던 과목은 체육이었고(수학은 호불호의 영역이 아니라 포기한 과목이어서 과감하게 뺐다), 그중에서도 제일 못하고 두려워했던 게 달리기였다(초등학생 때부터 고등학교 졸업할 때까지 100미터를 20초 안에 뛰어본 적이 없다). 대입을 앞둔 체력장 때 담임선생님이 등짝을 후려치며 '이 굼벵이를 어쩔 거냐'며 탄식하셨다.

달리기를 못하는데 허들까지 만나면 당황해서 우왕좌왕했다. 장애물을 만나 멈칫하느라 속도가 현저히 떨어지거나 마음이 급해 허들을 쓰러뜨리거나 걸려서 내가 넘어졌다.

한 달에 한 번, 병원에 가는 날이면 허들을 만나는 기분이었다. 정기적으로 체크해야 하는 몸무게와 혈압도 신경 쓰였고 새로운 검사를 할 때마다 뛰어넘어야 할 장애물 앞에 서는 기분이었다. 물론 정기검진은 체육 시간에 기록을 재고 점수를 매기는 것과는 비교할 수 없이 중요한 문제였다.

처음에 그 모든 검사는 아이에 대한 것이었지만 시간이 흐를수록 부모가 되려는 나에게 질문을 던지는 방식으로 변해갔다.

'아이가 어떤 상태라도 있는 그대로 받아들이고 사랑할 수 있습니까?'

검사 결과를 기다리는 며칠 동안 나는 그 질문에 매달렸다. 평생에 걸쳐서 아이와 함께 걸어갈 수 있는가.

'어떤 상태'의 범위는 배 속의 상황에도 해당됐지만 트랙을 돌고 허들을 넘는 동안 점차 아이의 여러 기질로 확장되었다. '지금은 건강하고 멀쩡하지만 나중에 나쁜 일이 생겼을 경우에도, 아이가 아니라 나와 옆 사람에게 무슨 일이 생겼을 때도 처음처럼 변함없이 사랑하겠습니까?'라는 질문 같았다.

그래서 기형아 검사는 무섭고 떨렸다. 겁 많고 나약한 엄마는 자기 전에 누워서 신에게 간절히 기도했다.

'아이에게 건강을 허락해주세요. 아이가 어떤 상태라도 원망하지 않을 수 있는 마음을 주세요.'

그것밖에 할 수 있는 일이 없었다.

늦은 나이의 임신이라 주변 사람들도 걱정이 많았다. 27주가 되어 당뇨 검사까지 정상 판정을 받고 나자 '아이도 나도 꽤 건강하구나' 싶어 안심이 되었다. 그러나 부모가 되기로 선택한 순간부터 이 걱정과 안심의 바통을 계속 주고받으며 인생의 트랙을 돌게 되리라는 걸 짐작할 수 있었다.

사람이 되는
꿈

출산 관련 인터넷 카페에는 우리나라 병원이 초음파를 너무 자주 본다는 기사가 종종 올라왔다. 태아에게 안 좋다는 내용이 주요 골자였다. 첫아이는 한국에서 낳고 외국에서 둘째를 가졌다는 산모는 외국 병원이 초음파를 너무 안 봐서 답답하다는 의견을 남기기도 했다.

아이에게 안 좋다는 걸 아는데도 이상하게 초음파를 보는건 설렜다. 나는 면회 가는 기분으로 진료실 앞에서 이름이 불리길 기다렸다.

26주 차에 의사가 "오늘은 장기가 제대로 자리를 잡았는지 볼 거예요" 하고 알려주었다. 나는 심호흡을 한 뒤 눈을 크게 떴다. 화면을 볼 때마다 의사는 아기가 뼈도 굵고 키도 크고 머리도 크고 배도 크고 다리도 튼실하다며 "동급 최강이에요" 했다. 작게 낳아서 크게 키우라는 말이 있지만 아기가 잘 자란다는, 크고 튼튼하다는 말은 듣기 좋았다.

정밀 초음파 화면을 볼 때 의사는 머리와 뇌, 두 개의 콧구멍과 입술을 확인시켜주었다. 척추뼈, 탯줄, 심장, 이 심방 이 심실(그동안 나에게 이 말은 생물 시간에 배우는 이론일 뿐이었는데 그 순간 비로소 실재하는 기관이 되었다), 팔과 손가락, 다리와 발가락, 동맥과 정맥도 차례대로 보았다.

초음파를 보는 동안에도 아이는 계속 움직였다. 의사는 아이가 건강하고 활발하다고 했다. 나는 다큐멘터리를 감상하는 기분으로 화면을 보았다. 배 속에 살고 있는, 실존하는 아이의 모습과 움직임이 아프리카 평원이나 우주의 별을 촬영한 장면 같았다. 보는 동안에는 선명하지만 초음파 화면이 사라지고 진료실에서 나오면 머릿속에만 남았다.

진료비를 계산할 때 간호사는 출력된 사진을 잘라 산모수첩에 붙여주었다. 두 장일 때도 있고 세 장을 받을 때도 있었다. 그것만이 좀 전에 본 모습과 몸짓이 진짜라고 말해주었다. 집에 오는 길에도, 돌아온 뒤에도 나는 종종 그 사진을 꺼내 보았다. 흑백사진 속의 아기는 이따금 나만이 목격한 UFO처럼 보였다. 그러나 사라지지 않고 성장한다는 점에서 UFO보다 훨씬 더 미스터리했다. 조그마한 흰 점이었던 생명이 이등신의 눈사람 같은 모습으로 눈, 코, 입이 생기며 팔다리가 길어지고 점차 사람의 모습이 되어간다는 게 신비롭고 뭉클했다.

정밀 초음파를 보고 온 날 새벽에 우연히 SNS에서 어떤 남자아이의 재롱이 담긴 동영상을 보게 되었다. 아이의 엄마가 찍어 올린 것인데 누군가의 '좋아요' 덕분에 나까지 귀여운 모습을 감상할 수 있었다. 아는 사람도 아니고 나와 어떤 연관도 없는 아이였지만 홀딱 반해서 그 동영상을 몇 번이나 반복해서 보았다. 그것도 모자라 그 엄마의 공간으로 넘어가 아이의 현재부터 과거까지 역주행하며 사진과 동영상을 흐뭇하게 구경했다.

춤을 추고 뛰어다니던 아이는 페이지가 넘어갈수록 아장아장 걷고, 의자를 잡고 일어서고, 기어 다니고, 앉아서 손뼉을 치고, 누워서 옹알이를 했다. 결국 백일 무렵, 생후 한 달, 신생아의 모습으로 엄마 품에 안겨 있는 장면까지 보게 되었다. 한 번도 만난 적 없고 아마 앞으로도 만날 일이 없는 한 아이의 성장 앨범을 보면서 나는 인간의 나고 자람에 대해 생각했다.

배 속의 아기는 누구를 닮았을까. 병원에 가서 검사를 하고 초음파를 볼 때마다 건강하기만 하면 바랄 게 없다고 생각해놓고, 막상 건강하다는 말을 들으면 애는 어떻게 생겼을까, 누굴 닮았을까 궁금해졌다. 임신 관련 카페에는 종종 입체 초음파 사진과 신생아의 사진을 비교해놓은 게시물이 올라왔다. 보통 출산 10주 전에 보는 건데도 싱크로율이 상당했다.

28주 차에 옆 사람과 같이 입체 초음파를 보러 갔다. 얼굴도 자세히 볼 수 있고 실제의 모습과 거의 흡사하다는 말에 옆 사람과 나는 기대에 부풀었다. 축복이는 머리 크기, 다리 길이가 3주 정도 크고 이목구비도 뚜렷한 편이었다. 가까이에서 얼굴을 보는 동안 나는 "어머, 와, 와"를 연발했다. 고개를 돌릴 때의 옆모습이라든가 앙다문 입매가 옆 사람과 몹시 닮아서 신기했다. 옆 사람은 진지한 표정으로 화면과 내 배를 번갈아보았다.

"애가 답답하진 않을까요?"

의사 선생님이 소리 내어 웃더니 "걱정 마세요, 양수도 많고 아주 좋은 상태예요" 했다.

존재가 있다는 걸 아는 것과 몸으로 직접 움직임을 느끼는 것, 얼굴을 보는 것의 느낌이 다 달랐다. 배 속에 이런 얼굴의 사람이 있다는 것, 옆 사람과 나를 닮은 아기가 이런 모습이라는 것이 나를 좀 더 엄마로 만들었다.

나는 의사가 출력해준 사진을 스마트폰으로 찍어둔 뒤 카페에서 일하다가, 수업이 끝난 뒤에도 꺼내 보았다. 어떤 아이일까. 임신 기간 내내 바란 것이 있다면 예쁘거나 잘생긴 얼굴이 아니라 성격에 대한 것이었다. 매일 밤 자기 전에 배를 쓰다듬으며 엄마 아빠의 장점만 닮은 아이였으면 좋겠다고 기도했다.

천천히
걷기

평소에 횡단보도를 건널 때는 그런 적이 없는데 차에 타고 있을 때는 보행자 신호가 길다는 느낌을 종종 받았다. '노약자들도 건너야 하니까'라고 머리로는 이해하면서도 약속 시간이 촉박하거나 길이 막힐 때는 '길다, 길다' 하며 발을 동동 굴렀다. 사거리에서 신호가 엇갈릴 때는 가슴이 좁아붙는 것 같았다. 성격이 이상해서 긴 시간을 기다려야 하는 일 앞에서는 침착한 편인데 짧은 순간의 늘어짐을 참지 못해 안달복달할 때가 많다.

물론 평범한 보행자일 때의 나는 신호등의 숫자가 한 자리로 줄어들거나 초록색 바가 뚝뚝 떨어지는 순간에도 용감하게 뛰어들어 건너갔다. 아슬아슬함을 즐기는 건 아니지만 가만히 서서 다음 신호를 기다릴 정도로 느긋한 성격도 못 되어서다.

임신해서 배가 많이 나온 뒤로는 신호 중간에 뛰어드는 일은 생각할 수도 없었다. 6개월에 접어들었을 때부터 만삭이냐는 얘기를 들을 정도로 포스가 남달랐던 몸이라 신호가 바뀜과 동시에 부지런히 걷기 시작해야 빨간불이 되기 전에 길 건너편에 겨우 도착할 수 있었다. 계단을 오르내리거나 앉았다가 일어설 때도 움직임이 느리고 공간을 많이 차지해서 사람들이 붐비는 곳에서는 자주 거치적거리는 존재가 되었다. 언제나 몸이 마음을 따라오지 못했다. 처음에는 생각처럼 몸을 움직일 수 없다는 사실에 적응이 되지 않았지만 서두르거나 욕심을 부릴 수 없게 되자 또 그리듬에 익숙해졌다.

몸을 마음대로 쓸 수 없다는 사실은 사람을 겸손하게 했고 주위를 둘러보게 만들었다. 나는 의지와 상관없이 점점 얌전하고 느긋한 인간이 되어갔다. 누군가 옆을 빠르게 스쳐 지나갈 때마다 아장아장 걷기 시작하는 아이들이나 무릎이 아파 느리게 걸을 수밖에 없는 노인들, 안내견과 함께 이동하는 시각장애우와 휠체어를 사용해야 하는 사람들의 고충에 대해 어렴풋이 짐작했다. 노약자들에게 성인의 보폭과 속도를 강요하고 평균에서 벗어나면 눈총받는 분위기가 얼마나 폭력적인가 알 수 있었다.

우리 모두는 한때 노약자였고 누구라도 노약자가 될 수 있으며 실제로 노약자가 되어가는 중이다. 아기를 낳아 몸이 좀 더 가벼워지고 평균의 속도를 찾은 뒤에도 내가 실천할 수 있는 배려에 대해 고민하며 살자고 생각했다.

생명에 대한
연민

　물건을 잘 버리지 못하는 편이라 이사할 때마다 예전에 봤던 영화표, 좋아하는 공연의 팸플릿, 오래전에 썼던 소설의 초고, 노트와 일기장을 모아둔 상자를 끌고 다닌다. 꺼내보지 않으면서도 정리할 때가 되면 망설임 끝에 다시 상자 속에 넣어두었다.

　일기장 안에는 중고등학교와 대학 때 했던 롤링 페이퍼도 들어 있다. 그걸 보면 10대, 20대 때 나는 종잡을 수 없는 사람이었던 것 같다. 누군가는 큰언니처럼 푸근하다고 썼고 다른 친구는 막냇동생처럼 귀엽다고 했다. 털털함이 매력이라는 글과 꼼꼼하고 여성스럽다는 얘기가 나란히 써 있기도 했다. '잘 웃어서 좋다'와 '눈물이 많은 걸 보니 따뜻한 사람 같다'는 말도 한 페이지에 적혀 있었다. 거기에서 나는 시간이 흐르며 내 삶에서 사라진 페이지와 작게 접어 보이지 않게 된 페이지를 발견했다.

청소년기를 지나고 대학을 졸업하면서 극단적인 성향은 많이 줄어들었다. 나는 보통의 인간이 되어갔다. '이게 어른이 되어가는 과정이구나' 조금은 쓸쓸하고 조금은 대견해하면서 천천히 둥글게 변해갔다.

임신을 한 뒤로는 주변에서 호르몬에 대한 이야기를 많이 했다. 태내에서 아기를 건강하게 키우고 출산을 돕기 위해 다양한 호르몬이 나오는데 그것 때문에 엄마의 신체뿐 아니라 감정에도 변화가 생긴다는 것이다. 감정의 기복이 심해지기도 하고 우울증을 앓는 사람도 있다고 했다.

"임신 중에는 호르몬의 지배를 심하게 받는대."

옆 사람에게 인터넷 기사를 보여주자 "조심하라는 소리지?" 하며 빙긋 웃었다.

나는 평소와 비슷했다. 특별히 우울하거나 따뜻한 물 안에 앉아 있는 것처럼 행복하거나 기대감으로 넘실대지도 않았다. 다만 눈물이 좀 많아졌다. 인터넷의 어떤 기사나 사진만 봐도 코끝이 찡하고 마음이 울컥해져서 눈물을 자주 닦아냈다.

예전에는 드라마나 영화를 보며 극중 인물이 불행해지거나 죽는 걸 슬퍼했는데 임신한 뒤로는 어딘가에 살고 있는 누군가의 안부와 고통에 마음이 갔다. 강아지나 고양이를 무서워하고 겁이 많아서 다가가 안거나 만지지 못하는데 아파트 주변을 배회하는 길고양이의 안부가 걱정되어 한동안 참치 캔을 가방에 넣고 다녔다. 원래 모피에 관심이 없지만 모피 만드는 동영상을 본 뒤로는 오리털이나 거위털을 충전재로 하는 패딩도 입지 않기로 했다. 호르몬의 지배 때문인지는 몰라도 생명에 대해 좀 더 관심을 갖게 되었고 생명이 있는 것들을 가여워하게 되었다. 그런 관심과 변화가 마음에 들었다.

초고는 대체로
엉망이다

임신 후기에 접어들자 새벽에 자주 깨고 낮잠이 늘었다. 책을 보다가도 그대로 잠이 들어 한두 시간 뒤에 깨어났고 밤에 자다 일어나 음악을 듣거나 일기를 쓰기도 했다. 새벽에 휘갈겨 쓰는 일기의 내용은 아기가 있는 삶을 상상하기 어렵다는 걱정, 나는 좋은 엄마가 될 자질이 부족하다는 염려, 그동안 시간이 많았는데 그걸 모르고 허송세월한 걸 후회한다는 내용이 대부분이었다. 며칠은 잘해낼 수 있을 것 같고 새로운 가족, 새로운 시간에 대해 기대하다가 다음 날에는 그 기분이 고스란히 염려로 바뀌어 애도 잘 못 키우고 글도 못 쓰다가 인생이 끝나겠구나 싶어졌다.

쨍한 여름이 이어지던 날, 늦은 겨울부터 봄여름 내내 쓴 소설을 출력해서 읽었는데 마음에 들지 않았다. 초고는 원래 흠이 많은 거지만 고칠 엄두가 나지 않아 카페에서 그대로 철수해버렸다. 집에 온 뒤에도 마음이 어수선해서 잠이나 자버리자, 하고 일찌감치 방의 불을 끄고 누웠다.

소설 쓰기는 내가 인생에서 유일하게 잘하고 싶은 것이었다. 소설 이외의 다른 것은 욕심부리지 않았고 다른 걸 잘하는 사람이 부럽지도 않았다. 소설 아닌 대부분의 것이 시시했다. 그런데 여러 달 공들여 쓴 초고가 형편없다는 걸 확인하고 나니 기운이 쭉 빠졌다. 새로운 소설은 예전에 쓴 장편소설들보다 분량이 짧고 인물과 관계에 초점을 맞췄다. 좀 더 깊어지고 싶었고 문장을 통해 인물의 내면을 보여주고 싶었다. 그런데 아무래도 실패한 것 같았다.

초저녁의 창밖은 희부옇고 잠은 멀리 있었다. 나는 어둠 속에서 눈을 깜박거렸다. 울지 않기 위해 애써야 했다.

먼 곳에서 도착한
위로

글을 쓰면 쓸수록 좋아하고 존경하는 작가들이 많아진다. 예전에는 그냥 '누구를 좋아해, 어떤 책이 재미있어, 잘 썼어'라고 총체적으로 평가했다면 시간이 지날수록 누구의 문장, 누구의 인물, 누구의 구성, 분위기를 훔쳐오고 싶다고 세부적으로 부러워하게 되었다. 다루는 세계와 품고 있는 주제가 성숙해가는 작가가 존경스러웠고 점점 더 좋은 작품을 발표하는 작가를 보며 감탄했다.

"좋아하는 작가가 누구예요?"라는 질문을 받으면 많은 이름이 떠올라 어버버했지만 글이 지독하게 써지지 않을 때면 본받고 싶은 작가들의 이름을 가만히 적어보곤 했다.

엉망인 초고를 읽은 뒤 하루가 지났고 고칠 마음이 생기지 않아 책만 겨우 읽었다. 이대로 소설을 쓰지 않거나 쓸 수 없게 된다고 해도 어쩔 수 없다고 생각했다.

저녁 무렵 겨울에 소설을 보내야 할 출판사의 대표님이 전화를 하셨다. 어떻게 지내느냐고 물으신 뒤 소설 쓰는 L선생님께서 첫 소설집인 『당분간 인간』을 칭찬하시더라고 전해주셨다(그 소설집은 외면당했다고 생각하고 있던 터라 좀 놀랐다).

"지금 출판사에 오셨는데 같이 차 한잔할 수 있을까요?"

등단 전화를 받던 아침처럼 가슴이 콩닥거렸다. 가서 뵙고 싶은 마음이 컸지만 부른 배 때문에 같이 계신 분들이 불편해하실 것 같아 사정을 말씀드렸다. "감사하다는 인사 꼭 전해 주세요"라고 말할 때 내 목소리는 떨렸다. 전화를 끊으며 대표님은 "건강 잘 챙기고 힘내서 잘 써요"라고 말씀하셨다.

통화가 끝난 뒤에도 한동안 어두운 방에 가만히 앉아 있었다. 존경하는 선생님이고 늘 뵙고 싶던 분이었다. 몇 년 전에 나는 그 마음을 올해의 책이라는 서평을 통해 겨우 드러냈다. 원고지 10매짜리 글을 보내는데 며칠 동안 고심하며 쓰고 고쳤다. 그러면서도 선생님과 나는 아주 먼 곳에 있고, 나는 잘 쓰거나 주목받지 않으니까 선생님이 나를 알거나 내 소설을 읽으실 리 없다고 생각했다.

그런데 어떤 위로는 생각하지 못한 때 아주 먼 곳에서 예상하지 못한 방식으로 도착한다. 그 밤 전화기를 통해 전달된 격려를 오래 마음에 품고 있다가 메일을 보냈다. '선생님, 그때 선생님이 주신 격려로 많은 날들을 이겨낼 힘을 얻었습니다.' 선생님의 답장은 더 따뜻하게 날아왔다.

적응해간다는
것

대학에 들어가기 전까지 학년 초인 3월을 몹시 싫어했다.
봄 기분을 내고 싶은데 시샘하며 이어지는 꽃샘추위도 달갑지
않았고, 학년이 바뀌면서 새로운 교실에서 잘 모르는 얼굴들
과 서먹한 상태로 지내는 것도 어색했다.

그런 시간을 지나 여름방학, 겨울방학, 봄방학을 맞이하
고 다시 새 학년으로 올라가기 전날이 되면 1년 사이에 친해진
친구들과 헤어지는 게 슬퍼서 이불을 뒤집어쓰고 울었다. 그
일은 매년 반복되었고 눈이 붓도록 울고 나면 '시간이 흐른다
는 게 뭘까, 누군가와 같이 시간을 보낸다는 건 어떤 의미일까'
생각하게 되었다.

가끔 아이를 몸 안에 품고 있는 시간이 왜 10개월일까 생

각해봤다. 10개월 동안 머리부터 발끝까지 살아가는 데 필요한 기관이 만들어지지만 그건 아이의 몸이 자라는 시간만이 아니라 엄마가 아이를 육체적으로나 감정적으로 받아들일 준비의 시간으로 주어지는 게 아닐까 싶었다.

배가 많이 나오고 살이 찌면서 제일 먼저 한 일은 평소에 끼고 있던 반지를 뺀 것이다. 나중에 119에 전화해 반지를 절단하지 않으려면 꼈다 뺐다 하는 일이 가능할 때 퉁퉁 부은 손가락에서 반지를 제거해야 했다. 외출할 때마다 잊지 않고 복대도 챙겼다. 복대를 배에 두르면 보드랍고 커다란 손이 배를 고르게 감싸 올려주는 것처럼 든든했다. 깜박하고 나갈 때면 집에 다시 와서 챙겼다.

거울을 보면 눈사람이 뒤뚱거리며 서 있었다. 별생각 없이 옷장 문을 열었다가 전혀 다른 모습의 내가 거울 속에 있어서 놀라기도 했다. 몸이 무거워 앉아서 일하는 게 점점 힘들어졌고 이대로 배가 더 나오면 터져버리는 게 아닐까 싶기도 했다. 그러다 며칠이 지나면 무겁다는 느낌 없이 잘 걸어 다니고, 앉아서 글도 몇 시간씩 썼다. 배가 터질 리 없다는 확신 속에서 복대를 두른 채 좋아하는 사람들을 만나러 다니기도 했다. 오르막과 내리막을 오가며 힘들었다가 견딜 만했다가 편안해지는 시기를 차례로 지났다.

나조차도 배가 매 순간 조금씩 커지는 건지, 하루 단위로
자라는 건지, 며칠에 한 번씩 훅 나오는 건지 알 수 없었다. 어
느 순간에는 임신한 나를 생생하게 느끼지만 의식 속의 나는
대체로 임신 사실을 잊었다. 시간이 지날수록 혼란과 괴리는
점차 줄어들었으나 이 순간을 그리워하게 될지 어쩔지는 알
수 없었다.

　　온몸, 온 마음으로 변해가며 임신 후기에 접어들었고 아
이와 만날 날은 점점 가까워졌다.

새벽은 달콤하고
시간은 흐른다

생활신조 중 하나가 '잠이 보약이다'였다. 고3 수험생 때도 특별히 잠을 줄여본 적이 없을 정도로(줄이는 데 실패했다는 말이 맞을 것이다) 잠이 많고 자는 걸 좋아한다. 특히 아침잠이 많고 눈을 떴을 때 바로 일어나지 않고 이불 속에서 뭉개는 걸 좋아한다(이렇게 쓰고 보니 천하의 게으름뱅이가 따로 없군요).

소설가가 되기로 결심한 뒤에도, 소설가가 된 뒤에도 약간의 죄책감과 함께 늦잠을 잤고 눈을 뜬 뒤에도 꿈의 여운을 곱씹거나 하루의 계획 같은 걸 머릿속에 그리며 뒹굴거렸다. 그러니까 늦잠은 나의 길티 플레저 같은 것이었다.

육아 관련 책들은 일찍 자고 일찍 일어나는 게 아이의 성장에 좋다고 강조했다. 내가 그 부분을 소리 내어 읽으면 옆 사람은 당연히 그렇겠지, 하며 고개를 끄덕거렸다. 옆 사람으로 말하자면 일찍 자고 일찍 일어나는 패턴을 유지해오던 새 나라의 어린이 캐릭터인데, 헌 나라의 어린이를 부인으로 만나면서 건강한 삶의 패턴이 크게 오염된 분이었다. 그는 늦게 일어날 때마다 좋은 습관은 뿌리내리기 어렵지만 나쁜 습관은 쉽게 전염된다며 한탄했다.

"아기가 태어나면 우리도 생활 패턴을 조금씩 바꾸자."

조금씩 일찍 자고 일찍 일어나자는 데 쉽게 합의했지만 둘 다 새벽에 자는 습관을 버리지 못했다.

30주가 되면서 나는 자는 시간이 아까워 더 늦게까지 깨어 있었다. 군 입대를 앞둔 사람처럼(어쩐지 심정적으로 비슷할 것 같다) 어떤 날은 헤드폰을 꽂은 채 몇 시간 동안 음악만 들었고 어떤 날은 영화를 연달아 봤다. 그동안 왜 새벽의 시간을 더 알차게 즐기지 못했나. 왜 잠의 노예로 설렁설렁 살았나. 책도 더 많이 읽어두고 소설도 많이 써두고 여행도 자주 다닐걸, 후회가 밀려왔다. 결정적인 순간에는 언제나 잠만 줄였어도 인생이 달라졌을 거라며 잠 핑계를 댔다. 그때는 그런 느슨함이 마음에 들었고 마음만 먹으면 언제든 할 수 있다는 생각 때문에 미뤘던 거라 아쉬움이 적었다.

그러나 앞으로 나만의 시간이 줄어들 거라고 생각하자 마지막 남은 조각 케이크 같은 시간을 조금씩 아껴 쓰게 되었다.

그럴 때면 배 속의 아기가 자신을 잊지 말라는 듯 맹렬히 움직였다. 어떤 때는 화를 내는 것처럼 배가 단단하게 뭉치기도 했다. 그러면 나는 하던 일을 멈추고 배를 가만히 쓰다듬었다.

'그래, 안다, 이놈아. 너 거기 있는 것 다 안다. 그러니 이 노래가 끝날 때까지, 이 챕터를 다 읽을 때까지 조금만 기다려줘.'

반곱슬머리의
비애

　　남녀공학인 중고등학교에 다니고 학창 시절 내내 사복만 입어서 교복에 대한 추억이 없다. 분위기가 워낙 자유롭고 이성 교제가 활발해 동네 사람들은 모교인 고등학교를 대학교라고 불렀다.

　　표면적인 유일한 억압은 두발 단속이었는데 아이러니하게도 긴 머리를 묶고 다니면 단속에서 제외되었다. 그래서 대부분의 여학생들은 머리를 자르지 않고 손목에 머리끈을 끼고 다니다가 교문을 통과할 때나 학생부 선생님들의 수업 시간에만 머리를 묶었다. 머리끈을 뺀 뒤에도 묶은 자국이 남지 않는 친구들을 부러워하는 기현상까지 뒤따랐다.

　　머리를 기르지 말라는 말에 오기로 머리를 기르던 학창

시절을 지낸 뒤에야 나는 긴 머리가 어울리지 않는 사람이라는 걸 깨달았다. 우연한 기회에 단발로 짧게 자른 다음 잘 맞는 사이즈의 옷을 찾아 입은 것처럼 편안해졌다. 중고등학생 때는 죽기보다 싫었던 단발머리를 어른이 된 다음 자발적으로 선택하게 된 셈이었다.

그 뒤로 짧은 단발과 쇼트커트 사이를 오갔다. 반곱슬머리라 단발머리를 단정하게 유지하려면 정기적으로 파마를 해야 했다. 4개월에 한 번 정도 미용실에 갔는데 그 시기를 놓치면 옆머리가 제멋대로 뻗쳐서 보기 흉했다(학생 때도 40대가 된 뒤에도 머리가 부해지거나 뻗치지 않고 얌전하게 자라는 생머리가 부럽다).

옆 사람과 누워서 아이가 태어나면 이건 닮고 이건 닮지 않았으면 좋겠다는 얘기를 종종 나누었다. 그건 어쩔 수 없이 자신의 육체적·성격적 장점과 단점을 털어놓는 고백의 형식을 취했다.

"무던하고 너그러웠으면 좋겠어. 곱슬머리가 아니면 좋겠고."

내가 곱슬머리의 비애에 대해 얘기하자 옆 사람이 고개를 갸웃거렸다. 남자는 쭉쭉 뻗는 생머리보다 약간 곱슬한 편이 더 편하다고 했다. 옆으로 넘기기도 좋고 머리가 길어도 눈을 찌르지 않고 덜 지저분해 보인다고 했다.

"같은 거라도 남자일 때와 여자일 때가 다를 수 있구나."

아이일 때 좋았던 점이 어른이 되면서 별로인 경우도 있고 반대로 작용할 때도 있다. 얘기를 나누며 내 바람도 조금씩 달라졌다. 사실 우리는 바랄 수 있을 뿐, 아기에 관한 어떤 것도 선택할 수 없다. 어떤 아기가 오든 그 모습 그대로 사랑하려고 노력하자는 것이 우리의 바람이어야 했다. 그러니까 바람은 아기가 아니라 내 마음에 대한 것으로 바뀔 수밖에 없었다.

사람을 이해하는 방식,
소설

임신한 뒤 일상적인 일 몇 가지를 잠시 중단했다. 커피를 여러 잔 마시는 일과 먼 곳의 카페에 가서 일하는 것, 새벽의 영화 감상과 산책, 바닥에 엎드려 책 읽기……. 사소한 것들이지만 나는 가끔 쓸쓸한 심정으로 그것들을 떠올렸다.

소설과 관련된 수업은 좀 더 오래 하고 싶었다. 좋은 소설과 누군가 열심히 써온 소설을 함께 읽은 뒤 이야기를 나누는 일은 언제나 가슴 뛰었다. 가르치는 사람이라기보다 같이 공부하는 사람의 입장에서 수업에 참여했고 그 시간이 진심으로 행복했다. 혼자서 읽고 쓰는 일도 즐겁지만 일주일에 한 번, 사람들과 만나 소설에 대한 이야기를 나누는 즐거움이 각별했다.

그러다 보니 임신 중기에 접어들면서 오히려 새로운 수업을 하나 더 시작하게 되었다. 일주일에 두 번씩 도서관에서 동네 사람들과 함께 소설을 읽고 쓰는 강좌였다. 평일 오전 수업이다 보니 대부분의 수강생이 아이 엄마들이고 연령대도 20대부터 60대까지 다양했다.

소설을 읽으면서 그녀들은 여고생처럼 깔깔거렸고 오랜만에 책을 읽는 재미에 푹 빠졌다. 그녀들은 소설의 상징이나 기법에는 관심이 없고 모든 소설 속에서 자신의 모습을 발견했다. 누군가는 책이 커피보다 향기롭다고 했고 누군가는 남편이나 자식보다 다정하다고 했다. 이야기를 나누고 글을 쓰면서 잊고 지내던, 접어두었던 페이지를 펼치고 털어놓으니 속이 후련하다며 좋아했다. 소설가가 되고 싶어 하는 지망생들과 공부할 때와는 또 다른 공감과 이해의 장이 펼쳐졌다.

수업 시간에 커피나 음료를 자유롭게 마셔도 좋다고 하자 그녀들은 매 시간 떡과 고구마, 빵을 싸 들고 와서 나눠 먹었고, 소설을 읽고 글을 쓸 때는 나에게 극존칭을 쓰며 선생님 대접을 하다가도 쉬는 시간이나 수업이 끝난 뒤에는 배불뚝이 소설가를 까마득한 육아 후배로 취급했다. 나도 처음에는 조심스레 수업을 진행하다가 어느새 그녀들에게 농담을 던지고 육아에 대해 물어보며 조언을 구했다. 여름에서 가을로 이어지던 그 오전 수업은 어쩐지 소설의 한 장면 같았다.

출산이 두어 달 앞으로 다가오면서 태동이 늘었다. 노크하는 것처럼 콩콩, 두드리는 게 아니라 주먹 쥔 손이나 발로 차고 미는 것처럼 활발하고 격렬해졌다. 다른 사람이 배에 손을 대면 얌전해지는 건 여전했지만 그렇지 않을 때는 몇 분 동안 움직임이 계속되기도 했다. 아기는 내용을 알아듣는 게 아닐 텐데도 수업 시간에 유독 활발하게 움직였다. 소설에 대해 이야기하거나 소설에 대한 이야기를 들을 때 태동이 심해지는 게 신기했다.

도서관 수업 중에는 짧은 글을 쓰고 낭독하는 시간이 있었다. 수업하는 분들이 가장 진지해지고 즐거워하는 시간이었다. '요즘 나를 가슴 뛰게 하는 것'에 대해 쓰고 발표하는 시간에 한 분이 여섯 살 된 딸에 대한 글을 써서 읽었다.

"……나중에 크면 엄마랑 같이 재미있는 영화도 보러 다니고 더 많이 놀러 다니자"라고 했더니 딸이 "응, 엄마. 나중에 나랑 많이 놀자"라고 대답했다……. 그분은 거기까지 읽은 뒤 울먹거렸다.

강의실 안에는 가을 햇빛이 환하게 비쳤고 수강생들은 집중해서 쓰고 듣느라 뺨이 상기되었다. 그분이 울먹거려 낭독은 잠시 중단되었다. 나는 혹시 딸에게 무슨 일이 있는가 걱정이 되었지만 그냥 요즘 부쩍 딸이 잘 커준 것이 대견하고 같이 보내는 시간이 행복해서 울컥했다고 털어놓았다. 그 말에 옆에 있던 다른 분이 눈시울을 붉혔다.

　울컥함은 둘러앉아 있는 자리를 따라 도미노처럼 번져나갔다. 마침내 그 물결이 내 쪽으로 밀려왔을 때 나 역시 나름의 방식으로 마음이 찡했지만 그 마음의 귀퉁이만 짐작할 뿐이었다. 아직 아이를 먹이고 재우고 시간과 눈물과 기도를 쏟으며 키우지 않아 울컥함의 언저리에 머물러 있었다. 배 속의 아이는 뭔가를 안다는 듯 열심히 움직였다.

　집으로 돌아오는 내내 그 짧은 글과 사람들 사이에 번져나가던 감정에 대해 생각했다. 내가 쓰는 소설은 누군가의 마음을 건드릴까, 질문해보았다.

너를 만나는
방법

인생의 어떤 문제는 여러 번 겪어도 적응이 안 되고 어렵지만, 어떤 문제는 통과하는 순간 만만하고 시시해진다. 인생의 묘미가 거기에 있는지도 모르겠다.

임신 초기에는 노산이라는 단서 때문에 작은 일에도 불안과 걱정이 따라붙었는데 30주가 되고 출산이 가까워지자 지나온 임신 기간이 별일 아닌 것처럼 느껴졌다. 그러니까 임신과 관련된 대부분의 증상이 시시해진 상태에서 두려운 건 오직 하나, 출산뿐이었다.

30주가 되면서 병원에 갈 때마다 분만 방법에 대해 상의했다. 의사는 조심스레 수술을 권했다. 결정은 산모가 하는 거지만, 아이가 워낙 크다는 걸 염두에 둬야 하고(이런 추세로 자라면 출산 예정일에는 4킬로그램이 훌쩍 넘을 게 분명하다고 했다) 노산이란 것도 무시할 수 없다고 했다(젊은 산모들보다 아이를 밀어내는 힘이나 기운이 달릴 거라고 했다). 자연분만이나 제왕절개 모두 경험한 적이 없어서 내게는 풍문과 상상의 세계에 속한 일이었다.

갑자기 대입 원서를 써야 하는 고3이나 결혼식이 일주일 앞으로 다가온 예비 신부가 된 기분이었다. 욕심내서 높여 써도 괜찮을까? 정말 실전에서 놀라운 능력을 발휘할 수 있나? 답을 하나씩 밀려 표기해서 시험을 완전히 망칠 수도 있는 거 아닌가? 결혼식 당일에 배탈이 나면 어떡하지? 신부 입장을 하다가 드레스를 밟아서 넘어지면 어쩌나? 천재지변이라도 일어나서 결혼식이 무산되면 어떡하지? 대입과 결혼식을 직접 겪고 그 시간을 지나고 나니 가능성이 희박한 가정이라는 걸 아는데도 출산을 앞둔 시점에서 나는 수많은 가정에 휩싸였다.

이른 나이에 결혼을 했던 터라 20대 후반, 30대 초반에는 모임에 나가면 '결혼해보니 어떠냐'는 질문을 많이 받았다. 나를 붙잡고 얘기하는 사람들은 대부분 또래나 후배들이었지만 언니, 오빠나 선배들도 섞여 있었다. 그들은 처음에는 나이나 사회적 위치(대부분 나보다 훌륭한 분들이었다) 때문에 고민거리를 속 시원히 털어놓지 않고 빙빙 돌려 말했다. 그러다 내가 연애가 결혼으로 이어지는 순간에 대해, 둘의 차이점과 장단점에 대해 얘기하면 슬금슬금 자신의 연애 문제와 결혼 고민을 꺼냈다.

실컷 얘기하고 난 뒤에는 내가 어떤 해결책을 제시하지 않았는데도 "조언 고마워. 역시 경험자는 다르구나" 하며 후련한 얼굴이 되었다. 그들보다 세상 물정도 모르고 연애 경험도 적은 내가 상담자가 될 수 있는 건 딱 하나, 결혼을 먼저 경험해 봤다는 것뿐이었다.

출산 방법에 대해 고민하면서 나는 천하의 팔랑귀가 되었다. 하루는 수술을 하자고 마음을 굳혔다가 의사인 친구가 자연분만이 산모나 아기 모두에게 좋다고 한 다음에는 죽이 되든 밥이 되든 예정일까지 기다렸다가 힘을 줘보자고 결심했고, 그다음 날 SNS에서 아이를 낳다가 죽음의 고비를 넘긴 산모에 관한 뉴스를 본 뒤로는 도저히 못하겠다며 마음을 바꿨다.

몇 달 먼저 임신한 후배는 내가 출산 방법 때문에 고민할 때 이미 출산과 조리원의 과정까지 마치고 집에서 실전 육아 중인 상태였다. 후배가 들려준 출산 스토리는 내가 가상으로 그려보며 염려하던 상황을 고스란히 담고 있었다. 후배는 나보다 여덟 살이나 어리고 아이를 낳기 전에 운동도 열심히 했는데, 1박 2일의 진통 끝에 수술이라는 놀라운 결말을 맞이했다. '아기를 만나는 길은 험난하구나.' 출산 스토리를 들으며 나는 깨달음과 수긍의 감탄사를 남발했다.

"언니, 전문가 말대로 해요. 괜히 고집부릴 필요 없다니까요."

후배는 무조건 담당 의사에 말에 따르라고 했다. "너무 어렵다, 무섭다"고 했더니 후배가 덧붙였다.

"언니, 출산은 아무것도 아니에요. 낳아보면 어른들이 왜 배 속에 있을 때가 제일 편하다고 했는지 알게 돼요."

나는 숨을 크게 들이마셨다. 출발선에 선 채로 앞의 주자들이 준비, 출발 신호에 맞춰 저편으로 뛰어가는 걸 지켜보며 가슴을 졸이는 예비 주자의 심정이 되었다.

준비됐나요?

글을 쓸 때도 글 안으로 온전히 들어갈 때까지 예열 시간
이 긴 편이다. 사실 예열 시간이라는 표현은 그럴싸하게 포장
한 것이고, 자질구레하고 산만한 일들 속을 한참 떠돈 뒤에야
비로소 한 문장을 쓸 수 있는 힘이 생기는 체질이라고 하는 편
이 맞다.

의자에 앉아 펜의 잉크를 갈고 밀린 다이어리를 쓰고 노
트를 뒤적거리고 다시 일어나서 책장 앞을 서성거리고 휴대폰
으로 SNS에 접속해서 사람들의 글을 읽는다(이 시간이 점점 길
어져서 고민이다). 더 이상 궁금한 게 없어질 때까지 딴짓을 해
야 홀가분하게 글로 옮겨갈 기분이 생긴다. 물론 마감이 코앞
에 닥쳤을 때는 예열 시간 운운할 틈도 없이 쓰고 지우며 쩔쩔

매지만 여유가 많을 때의 글쓰기는 대체로 이런 모양새다. 이런 준비 과정을 거치며 일상에서 소설로 옮겨간다.

31주가 되면서 출산 준비물을 장만해둬야 했다. 임신 초기부터 자주 접속하던 카페에 들어가 출산 준비물에 대해 검색하자 다양한 물건들의 목록이 떴다(여름에 태어나는 아기, 겨울에 태어나는 아기에 따라 필요한 것도 달랐다). 한 사람이 세상에 나와서 쓸 물건을 어디까지 준비해두는 게 적당한지, 새로운 사람을 맞이하며 가족들이 어떤 방식으로 환대하면 좋을지 결정하는 게 쉬운 일은 아니었다.

블로그에 올라온 누군가의 아기 방은 너무 화려했고 어떤 사람의 목록에는 너무 많은 물건이 담겨 있었다. 육아를 하고 있는 엄마나 예비 엄마들이 올린 품목 중에서 중복되는 것만 추려 나만의 출산 준비 목록을 만들었다. 가제 수건, 배냇저고리, 속싸개, 겉싸개……. 아기가 쓰는 물건들은 이름이 정답고 따뜻해서 발음하는 것만으로도 기분이 좋아졌다.

어렵게 목록을 만든 뒤에는 큰일을 끝낸 것 같은 뿌듯함이 있었지만 물건을 사러 가야 할 순간이 되자 또 차일피일 미루었다. 목록에 올린 물건들을 어디에서 사지? 어떤 브랜드가 좋을까도 고민이 되었다. 그리고 근원적이면서도 새로운 문제, 고민의 절대 강자가 나타났다.

지금 사다 놓아도 넣어둘 데가 없다!

일단 아기를 위한 공간 확보부터 해야 한다!!

그럼 방을 하나 비워야겠군!!!

그런데 방을 비운다는 건 간단한 문제가 아니었다. 그렇게 준비를 위한 준비가 이어졌다.

살다 보면 나와 닿아 있는 모든 사람들이 단 하나의 질문만 하는 시기가 있다. 대입, 취업, 결혼처럼 큰일을 앞두고 있을 때가 그렇다. 출산이 다가오면서 예정일이 언제냐고, 준비는 좀 했냐고, 필요한 건 없냐고 묻고 대답하는 게 일상이 되었다. 예전보다 그런 질문이나 관심이 부담스럽지 않고 고마웠다. 세상이, 사람들이 옆으로 조금씩 비켜서면서 아기가 들어올 자리를 만들어주는 듯했다. "언제 만날 수 있는 거니? 궁금하고 보고 싶었어, 환영해." 각자의 방식으로 손짓하는 것 같았다.

나는 종종 임신 초기를 떠올렸다. 그때는 사람들이 부른 배를 만지는 상상만으로도 기분이 이상했고, 길을 걷다가 유모차에 앉아 있는 아이를 유심히 쳐다보게 될 거라고 생각하지 못했다. 나는 사람을 좋아하면서도 육아에 무관심했고 신을 믿으면서도 아이가 살아갈 세상에 대해 회의적이었다. 그러나 임신 기간 동안 천천히 전향의 길을 걷기 시작했다.

지인들은 출산을 앞둔 나를 보러 집 근처로 와주었다. 선배들은 "그건 필요 없어, 그건 꼭 사" 하면서 실질적인 조언을 해주었고 미혼이거나 아이가 없는 후배들은 "언니, 기분이 어때요? 난 상상이 안 돼" 하며 웃었다. 군 입대를 앞둔 사람처럼 매일 친구들을 만나 맛있는 것을 먹고 이야기를 나누며 유유자적하게 시간을 보냈다. 이 순간이 다시는 오지 않겠구나, 이렇게 만나는 일은 한참 뒤에나 가능하겠구나 싶은 생각이 들자 가슴이 뻐근해졌다.

출산 준비는 나와 옆 사람에게도 필요한 것이었다. 둘만의 혹은 혼자만의 시간을 충분히 갖는 것, 그게 기저귀와 배내옷을 사는 것만큼이나 중요했다. 그래서 우리는 자주 소풍 계획을 세웠다. 둘이 자주 가던 공원에서 그늘막을 펴놓고 앉아 얘기하고 챙겨간 음식을 먹고 책을 읽었다. 당분간 못 나갈 테니까, 한동안 여기 못 올 테니까, 앞으로는 이거 못 먹을 테니까, 무리하지 않는 선에서 최대한 열심히 돌아다니려고 노력했다. 내가 팔을 걷어붙일 때마다 옆 사람은 "애 낳으러 가는 거지, 죽으러 가는 거 아니다" 하며 진정시켰다.

아기를 낳는 게 두려우면서도 기다려지고 육아가 어떤 건지 어렴풋이 알 것 같다가도 다음 순간 미궁에 빠졌다. 그저 얼마 남지 않은 시간 동안 아기와 함께하는 한 몸의 시간을 충분히 누려볼 생각이었다.

누구나 자기 복을 가지고
태어난다

새벽이면 자리에 누워서 부른 배 위로 잠이 내려오길 기다렸다. 잠이 안 오면(그런 일은 거의 없었지만) 머릿속으로 태어나지도 않은 아기의 성장을 그려봤다.

아기는 싸개 속에 누워 있다가 몸을 뒤집고 바닥을 기어다니고 일어나서 걷고 뛰었다. 손가락을 빨다가 웃고 말을 하고 노래를 부르고 그림을 그렸다. 가방을 멘 채 어린이집에 가고 친구들과 뛰어놀았다. 흐뭇함과 신기함은 어느 순간 찡함으로 변했다. 나도 그런 과정을 거쳐 지금의 내가 되었을 것이다.

아이가 학교에 가면 나는 제일 늙은 엄마일지도 모르겠다. 엄마 아빠가 나이가 많아서 아이는 부끄러울까. 속상할까. 사춘기에 접어들면 반항하겠지. 왜 낳았느냐고 묻거나 해준 게 뭐가 있느냐고 따질 것이다. 나에 대해 뭘 아느냐고 신경 쓰지 말라며 문을 쾅 닫고 잠가버릴 수도 있다. 첫사랑을 하고 군대도 가겠지. 어떤 사람이 되고 싶다고 생각하고 무슨 일을 하며 살게 될까. 상상은 걱정으로 바뀌고 그 속에서 나는 훌쩍 쉰 살, 예순 살이 되었다. 늙은 엄마의 염려가 키를 높일 때마다 나는 어른들의 말을 떠올렸다.

"걱정 마라. 다 자기 복을 가지고 태어난다."

실제로 도서관 수업을 할 때 쉬는 시간에 어떤 분이 "출산 준비물은 다 장만하셨어요?" 하고 물었다. 33주가 되었는데도 아직 목록만 뽑아놓고 사러 가질 못해서 좀 부끄러운 심정으로 "곧 준비해야죠"라고 대답했다. 그랬더니 그분이 조심스럽게 "우리 아기가 쓰던 물건이 이것저것 있는데 선생님 드릴까요?" 하고 물었다.

소설 쓰는 C선배는 아기 띠와 모자, 손 싸개, 턱받이, 양말 등등을 한 보따리 챙겨주셨고(나중에 유모차도 주셨다), 후배 S는 아기 신발과 옷에 자기가 입던 수유복까지 보내주었다. 친구들과 선후배들이 먼 곳에서 달려와 늙은 임산부의 출산을 축하해주었다.

외출에서 돌아올 때마다 선물 보따리를 들고 오자 옆 사람이 두 팔을 벌리며 외쳤다.

"산타클로스가 나타났다!"

많은 분들이 안부를 묻고 관심을 가져주시는 아이는 분명히 복이 많은 아이일 거라고 생각했다. '넘치게 사랑받고 베풀며 살아라.' 나는 배를 쓰다듬으며 말했다.

너는 자라고
나는 넉넉해진다

임신 기간에 걱정했던 것 중 하나는 늘어난 몸무게가, 잔뜩 찐 살이 빠지지 않으면 어떡하나였다.

입덧이 끝난 뒤에 먹는 양이 어마어마하게 늘어서 옆 사람이 식사 때마다 놀렸다.

"임신 전에도 잘 먹었지만 지금은 웬만한 남자보다 더 많이 먹는다."

사실이라 반박은 못하고 호탕하게 웃어넘겼다.

"내가 어디까지 찔 수 있나 시험해보겠어."

출산 선배들은 '임신했을 때는 아무것도 신경 쓰지 말고 맘껏 먹어라'파와 '애 낳은 뒤에는 안 빠지니 임신했을 때 조절해라'파로 나뉘었다. 먹는 입덧(어쩌면 그렇게 믿고 싶었던 건지도 모르겠습니다)을 지나면서 이미 2인분씩 먹는 것에 익숙해진 나는 슬그머니 '먹어라'파의 충직한 일원이 되어 마음껏 신나게 먹었다. 그런데 출산이 한 달 앞으로 다가오자 슬슬 걱정이 되었다. 몸무게는 처음 목표로 잡았던 12킬로그램 증가를 지나 35주 차에 20킬로그램 돌파를 눈앞에 두고 있었다. 거울을 보면 코끼리 한 마리가 서 있었다.

병원에 갈 때마다 조마조마한 마음으로 체중계 위에 올라갔다. 전자판 위에 떠오르는 숫자는 매번 신기록을 갱신했다. 차트를 본 의사 선생님은 "대체 뭘 먹는 거예요? 그보다 산모님, 앉아만 계시는 거예요?" 하며 눈을 동그랗게 떴다.

"이러면 자연분만도 어렵고 수술해도 회복이 더뎌요. 이 시기부터는 물만 먹고 숨만 쉬어도 살이 쪄요. 많이 움직이셔야 돼요."

물론 읽고 쓴다는 핑계로 앉아 있는 시간이 많긴 하지만, 나름대로 아침 겸 점심을 먹고 한 시간 산책하고 밤에도 한 시간씩 걸어 다녔는데 그 정도로는 운동이 부족한 건지 늘어나기만 하는 몸무게가 야속했다.

그래도 양수가 충분해서 아기가 잘 놀고 있으며 머리나 배 둘레는 당장 낳아도 문제없을 정도로 크다는 얘기를 들으면 걱정과 억울함이 사라졌다. 그 순간만큼은 살을 빼야 한다는 마음 같은 건 까맣게 잊은 채 좀 더 넉넉한 사이즈가 되어도 괜찮다는 심정이 되었다.

'많이 컸구나. 이 안에서 잘 지내고 있구나.'

그런 인사를 건네고 안도감을 느끼기 위해 병원에 오는
것 같았다.

배 속에 있을 때가
편하다는 말

출산이 가까워지면서 가장 무서운 말은 애 낳을 때 많이 아프다는 얘기가 아니라 "배 속에 있을 때가 제일 편하다"는 말이었다.

아이를 키워본 사람들은 모두 "기어 다닐 때보다 누워 있을 때가 편하고 그보다 배 속에 있을 때가 편하지"라고 입을 모았다. 머릿속에 대충 그림은 그려지는데 실감이 나지 않았다. 대체 아이를 낳고 나면 무슨 일이 벌어지는 걸까. 육아의 길은 정녕 고행으로만 이어지는 건가.

출산을 앞두고 내 마음은 하루에도 몇 번씩 바뀌었다. 어떤 날은 부른 배가 가슴 밑이 아니라 목구멍까지 차오른 것처럼 몸이 무거웠다. 그럴 때면 제대로 눕지도 못하고 잠도 설쳐서 얼른 아이를 낳으러 갔으면 좋겠다고 간절히 바라게 되었다(아이를 빨리 보고 싶은 마음보다 몸이 가벼워졌으면 하는 마음이 더 컸다). 그런 날이 지나고 나면 신기하게도 몸과 배가 원래 이렇게 비대했던 것처럼 이물감도 없고 편한 시간이 찾아왔다. 그러면 얼른 낳고 싶다는 맘 같은 건 까맣게 잊은 채 배 속에 넣고 돌아다니는 자유를 좀 더 누리고 싶어졌다.

앉아도 서 있어도 누워도 힘든 순간이 늘어나면서 변심의 주기는 점점 짧아졌다. 출산 관련 책에서 새벽에 깨서 화장실 가는 횟수가 늘어나기 때문에 임신 후기에는 자기 전에 물을 적게 마시라고 권했다. 자다가 깨는 일도 곤혹스럽지만 일어났다가 다시 눕는 일 자체가 힘들고 번거로워서 그 말에 전적으로 동의했다.

문제는 30주가 지나면서 생긴 역류성 식도염 때문에 저녁마다 목이 따끔거린다는 점이었다. 새벽에 깨서 화장실에 갈까 말까 망설일 때마다 나는 홀몸이던 시절에 하던 똑바로 누워 자기와 엎드려서 책 읽기, 다리 꼬고 앉던 일을 떠올렸다.

책에 나온 조언 중에는 신기한 항목이 하나 있었는데 식사 중에 음식물을 흘리지 않게 조심하라는 부분이었다. 처음 읽었을 때는 의아했지만 점점 그 조언의 유효함과 심각성을 깨닫게 되었다. 배가 많이 나와서 식탁과의 거리가 멀어지기 때문에 예전처럼 거리 조절을 했다가는 실수하기 십상이었다.

가끔 둥근 배 위에 떨어져 있는 콩나물무침 같은 걸 보고 있자면 웃음이 났다. 나는 다리만 좀 더 긴 펭귄이 된 것 같은 기분으로 뒤뚱거리며 출산을 향해 걸어갔다. 배 속에 있을 때가 제일 편하다는 말이 사실이 아니기를 간절히 바라면서.

너를 만나기
일주일 전

대입 시험을 일주일 남겨놓고 남들이 점수 올리기 위해 벼락치기 할 때, 결혼식을 며칠 앞두고 예비 신부들이 몸매나 피부 관리에 신경 쓸 때 나는 이미 당락이 결정 난 게 아닌가 생각하며 시험이 빨리 끝나기만 고대하는 쪽이었다.

출산을 일주일 앞둔 심정은 그때와 비교도 안 될 정도로 복잡했다. 대입이나 결혼도 미래에 영향을 미치는 사건이지만 과거완료와 현재진행형의 차이 때문만이 아니라 생명과 연결된 문제라 더 떨리고 긴장되었다.

37주가 되어 태동 검사를 하기 위해 병원 침대에 눕자 병실 천장이 유난히 하얗게 보였다. 간호사는 편하게 누워 계시면 된다고 얘기한 뒤 자리를 비웠다. 검사를 하는 동안 병실 안에는 배 속에 있는 아이의 심박 수만 크게 울렸다. 규칙적으로 "칙칙폭폭, 퉁퉁퉁퉁" 하다가 아이가 안에서 몸을 움직일 때마다 소리가 커졌다. 껍질을 깨고 나오려는 병아리의 움직임이 내 안에서 일어나는 것 같았다. 이 균열로 인해 내 삶의 비포는 깨지고 애프터만 남을 거라는 생각에 아득해졌다.

병원에서 나오면 언제나 옆 건물의 카페에서 큰 사이즈의 카페라테를 한 잔씩 마신 뒤 집까지 걸어갔다. 태동 검사를 한 뒤 마시는 라테의 맛은 평소와 같이 따뜻하고 부드러운데 일주일 뒤면 이 익숙한 풍경과 일상에서 잠시 물러나야 한다는 게 실감 나지 않았다. 시간을 내서 먼 곳까지 여행을 가지 못해 아쉬웠고 열 달 동안 500매 분량의 소설 한 편밖에 쓰지 못한 게, 앞으로 쓸 장편소설의 초고를 만들어두지 못한 게 후회스러웠다.

후회를 만회하고 싶어서 일주일 동안 벼락치기 하듯 돌아다녔다. 낮에는 카페에 가서 원고 정리를 하고 저녁때는 맛집 투어단 멤버인 옆 사람과 함께 단골집들을 순례했다. 맛있는 곳을 만나면 다시 돌아올 때까지 그 밥집과 빵집, 카페가 건재하기를 기원했다. 옆 사람은 매 끼니마다 다른 음식을 먹는 나를 보며 지구의 종말을 앞둔 사람 같다고 놀렸다.

시간이 좀 더 있었으면 좋겠다는 마음이 드는 걸 보면 벼락치기를 제대로 하고 있는 것 같았다.

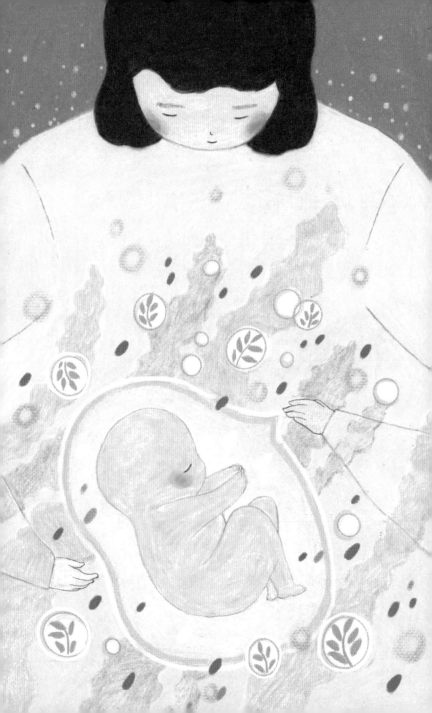

너를 만나기
사흘 전

임신 출산 관련 책에서는 출산이 다가오면 배에 손을 얹고 "이제 며칠 남았어, 곧 만나자"라는 인사를 미리 해주라고 조언했다. 태담을 주고받으며 엄마와 아기 모두 마음의 준비를 해두라는 뜻이었다. 나도 아기가 움직일 때마다 "조금만 기다려"라고 말해주었다.

의사 선생님은 출산을 이사에 비유하셨다.

"아가, 그동안 여기서 잘 지냈지? 이제 방 빼야 해. 엄마 아빠가 새 방 만들어놨어."

방이라는 표현이 재미있어서 들을 때마다 웃음이 났다.

"그래, 축복아, 그동안 여기에서 건강하게 잘 컸다. 이제 새로운 방에서 만나자."

마지막 검진 때까지 아이는 아래로 거의 내려오지 않았고 양수도 그대로였다. 머리 크기는 10센티미터를 훌쩍 넘겼고 예상 몸무게도 3.8킬로그램이 넘었는데 밖으로 나올 생각이 없는 듯 양수 속에서 평화롭게 움직였다.

"얘는 지금 여기가 아주 살기 좋거든요."

양수도 빠지고 배 속이 좁고 살기 힘들어야 애가 밖으로 나오려고 하는데 여기가 따뜻하고 영양 공급도 저절로 되니 밖 뺄 생각이 없는 거라고 했다.

"얘는 나오는 게 고생이에요. 나오면 힘 줘서 빨아야지, 시끄럽고 정신없지……."

의사 선생님은 38주인데 이런 상태면 예정일이 한참 지나야 애가 내려올 거고 그때는 아기의 몸무게가 4킬로그램 중반까지 갈 수 있다며 걱정했다. 자연분만에 대해 품고 있던 실낱같은 희망이 사라지는 순간이었다.

수술 날짜를 상의하면서 나는 배를 내려다봤다. '너도 이 안에 있는 게 편하구나. 익숙해진 방에서 나와 낯선 세상의 방으로 옮겨가는 게 두렵구나.' 아이는 생각이나 감정 없이 시간이 지나면 저절로 몸이 자라고 때가 되면 당연히 밖으로 나오는 존재라고 여겼는데 기호와 의지가 있는 사람이라는 걸 새삼 깨달았다. 사람은 태어나는 순간부터 낯섦과 두려움의 상황에 놓이는 거구나. 아이들이 세상에 나왔을 때 울음을 터뜨리는 건 어쩌면 10개월 동안 머물렀던 제 방과의 이별이 싫어서 그러는 게 아닐까 싶었다.

너를 만나기
이틀 전

　임신에 적응해간다는 건, 몸과 감정의 변화를 따라 점점 엄마라는 존재에 가까워져간다는 뜻일 것이다. 나 역시 어리둥절해하면서도 10개월이라는 시간을 지나는 동안 아이와 함께하게 될 생활, 셋이서 살아가게 될 미래에 대해 천천히 인식하고 받아들이게 되었다. 아직 문밖에 서 있지만 출산과 육아, 교육에 대한 관심이 생겨났고 세상과 생명과 사람에 대한 시선과 마음이 조금씩 달라졌다.

　출산을 앞둔 주말에는 가구점에 가서 아이의 옷장을 샀다. 선반과 서랍이 넉넉한 것으로 골랐다. 조리원에 가져갈 거즈 수건과 집에 돌아와서 쓸 기저귀와 옷가지들도 빨았다. 아기용 세제와 유연제에서는 아무 냄새도 나지 않았다.

동물무늬를 수놓은 아기 이불과 베개는 귀여웠고 바람결에 기저귀가 말라가는 베란다의 풍경은 평화로웠다. 나는 자리를 잡아가는 아이의 물건과 미처 치우지 못해 한쪽 벽에 쌓아놓은 책을 번갈아 쳐다보았다.

가장 마지막까지 모습을 유지하며 변하지 않던 게 바로 집 안의 풍경이었다. 부른 배를 하고도 이물감 없이 생활을 이어갈 수 있었던 건 바로 오래된 책장과 책상과 창밖의 익숙한 풍경 덕분이었다. 그런데 작은 방의 책장은 철수했고 베란다에서는 아기 옷이 말라가고 있었다. 이곳으로 정말 새 사람이 오는구나, 이제 세 사람이 같이 살게 되는구나, 실감하게 되는 순간이었다.

마지막 검진을 한 뒤 카페에 앉아 가족과 지인들에게 출산 예정 소식을 전했다. 몸무게는 매우 넉넉히 잡았음에도 불구하고 결국 앞의 숫자가 두 번 바뀌어 20킬로그램이 늘었고, 마감해야 할 산문 하나를 남겨둔 상태였다. 마침표를 찍은 장편소설은 한 번 더 읽어본 뒤 병원에 가기 전날 송고할 계획이었다.

정리해야 할 품목도 수첩에 적었다. 버려야 할 것, 더 준비해야 할 것에 대해 쓰며 복대를 좀 더 느슨하게 했다. 아이를 낳으면 임부용 복대를 제일 먼저 버릴 계획이었다. 배가 빨리, 많이 나온 탓에 임신 중기 이후로는 매일 복대와 함께했다. 복대 없는 외출은 상상할 수 없을 정도였다. 복대를 세 개째 사용 중인데도 표면에 인 보풀이 느껴졌다. 지긋지긋하지만 정들어서 버리기 아깝다는 점에서 복대는 고3 때 학교에서 쓰던 방석과 비슷했다.

그때로부터 얼마나 멀리 왔나. 어떤 세월을 지나 여기까지 왔나. 오래전 일을 떠올리자 인생의 이정표들이 보였다. 어디쯤에서 다시 이 시절을 돌아보게 될까. 그런 생각이 울적함과 대견함을 동시에 불러일으켰다.

휴대폰에 하나둘 도착하는 가족들의 응원은 따뜻했고, 언제 다시 마시게 될지 알 수 없는 커피의 맛은 깊고 진했다.

너를 만나기
하루 전

병원에 가기 전날 아침에 가방을 챙겼다.

수술하기로 마음을 굳혔고 출산 예정일이 하루 앞으로 다가왔는데도 자연분만이 아닌 다른 방식으로 아기를 낳기로 결정한 게 마음에 걸렸다. 생각이 거기 머무를 기미가 보이면 얼른 데리고 왔다.

그래도 진통 상황에 맞춰 움직이는 게 아니라 병원에 가져가야 할 가방과 조리원에 가져갈 트렁크를 미리, 차분하게 준비해둘 수 있다는 점은 마음에 들었다. 어디를 가든 뭔가를 잘 빠뜨리고 부족하게 짐을 챙기는 스타일이라 쓸 것들을 꼼꼼하게 확인했다.

남은 하루는 특별한 계획 없이 좋아하던 식당에 가서 옆 사람과 브런치를 먹고 근처 공원에서 산책했다. 평일 낮이라 잔디밭이 한산했다. 나뭇잎 사이로 잘게 부서진 햇살이 내려앉았다. 그늘막을 펴놓고 음악을 들으며 시간이 우리 곁을 지나 과거로 사라지는 걸 느꼈다.

"내일이면 드디어 만나겠네"라는 말을 여러 번 주고받았다. 내일이라는 시간은 금세 들이닥칠 것처럼 가깝기도 하고 영영 오지 않을 것처럼 멀기도 했다.

해가 기울 무렵 엄마가 전화했다. 병원 가기 전에 밥을 해 먹이고 싶다는 얘기였다. 동생들도 일찍 퇴근할 거라고 했다.

"북적북적하게 있다가 밥 먹고 가서 푹 자. 그럼 금방 내일이 될 거야."

엄마는 내가 긴장하거나 무서워할까 봐 걱정했다.

동생들과 나란히 앉아 예능 프로그램의 재방송을 보며 큰 소리로 웃었다. 내가 웃을 때마다 축복이는 힘차게 움직였다. 엄마가 해준 뜨끈한 밥과 국과 반찬을 푹푹 떠먹었다. 평소에도 마음껏 먹었지만 더욱 마음껏 먹었다. 동생들이 차례대로 배에 손을 얹으며 "축복아, 내일 만나자" 하고 인사했다.

집에 돌아와 며칠 전까지 퇴고하던 장편소설의 원고 파일을 열었다. 한 번만 더 보자, 하며 붙들고 있던 건데 출판사에 보내야 할 때가 된 것 같았다. 나는 담당 편집자에게 메일을 썼다. 내일 아이를 낳으러 간다는 소식과 당분간 교정을 볼 수 없을 것 같다는 말을 함께 전했다.

　새벽까지 잠들지 못할 것 같았는데 메일의 전송 버튼을
누르고 나자 부드러운 졸음이 몰려왔다.

너를
만나는 날

예전부터 중요한 일을 앞두면 긴장되고 떨리다가 막상 그 날, 그 순간이 되면 차분해졌다. 시험을 볼 때도, 중요한 면접이 잡혔을 때도, 결혼하는 날도, 아침에 눈을 뜨면 어떻게든 되겠지 하는 마음과 함께 묘한 편안함이 찾아왔다.

오전에 입원해서 간단한 검사를 한 다음 수액을 맞았다. 침대에 비스듬히 앉아 수술을 기다리는 동안 나는 임신 기간을 통틀어 심적으로 가장 편안한 상태에 이르렀다. 임신을 확인한 뒤 불안하고 당황스럽던 초기의 날들, 한동안 시달렸던 입덧과도 이별했고 허리가 아프고 손목이 시큰하던 증상들도 다소 나아지고 익숙해진 상태였다. 붙잡고 있던 원고를 넘긴 뒤라 소설을 써야 한다는 강박에서도 벗어났다. 이제 어떤 것도 돌이킬 수 없으며 아이와 부대끼는 삶만이 숙명처럼 펼쳐져 있다는 사실이 오히려 나를 차분하게 만들었다.

엄마와 옆 사람은 "금방 끝날 거야, 눈 뜨면 아기가 옆에 와 있을 거야, 푹 잔다고 생각해" 하며 응원했다. 괜찮다고 아무렇지 않다고 해도 걱정했다. 사실 나는 몇 시간 뒤면 몸이 가벼워질 거라는 기대감과 아이를 만난다는 설렘 때문에 약간 들뜬 상태였다. 게다가 트렁크 속에는 조리원에 가서 읽으려고 주문해둔 책들이 들어 있었다.

수술대 위에 누워 있던 순간은 떠올리고 싶지 않지만 다행히 마취 전의 시간은 길지 않았다. 얼마나 지났는지 모르겠지만 "이야, 크네" 하는 소리가 꿈결처럼 들려왔고 양수가 빠져나가는 느낌이 생생하게 느껴졌다. 그리고 현실과 비현실의 경계에서 "산모님, 눈 떠보세요" 하는 목소리가 들렸다. 다음 순간 간호사들이 나를 수술 침대에서 이동식 침대로 옮겼다. 온몸에 뻐근하게 번져가는 통증이 수술이 끝났고 현실로 돌아왔다는 걸 알려주었다.

옆 사람은 아기를 보러 신생아실에 가고 입원실에는 엄마와 나만 남았다. 무통 주사를 맞는데도 아랫배의 통증이 다 사라지지 않았다. 나는 끙끙거리며 가슴 밑을 더듬어보았다. 만족할 만큼은 아니지만 잔뜩 튀어나왔던 배가 꺼진 걸 알 수 있었다. 참아보려 해도 '끙끙' 소리가 새어나왔다. 엄마가 안쓰럽다는 듯 이불을 덮어주었다.

"아기 보고 싶지?"

"너무 아파서 지금은 아무 생각도 안 나."

"다른 사람들은 눈 뜨면 애부터 찾는다는데 너는 궁금하지도 않나?"

나는 무통의 황홀함을 간절히 기다리며 눈을 감았다. 그것은 아주 먼 데서 오는 듯 걸음이 느렸다.

'안녕, 아가. 냉정한 엄마라서 미안해. 그런데 지금은 배가 너무 아프구나. 우린 앞으로 오래 볼 사이니까 조금만 이해해 줘.'

그런 텔레파시를 보내고 난 뒤 천천히 무통의 잠 속에 빠졌다. 잠드는 게 아니라 끌려 들어가는 것 같은 잠이었다.

보고 싶다는
말

어렸을 때는 몸이 약해서 툭하면 코피가 나고 감기 몸살에 자주 걸렸지만 살이 좀 붙은 뒤로 건강 체질이 되었다. 큰 수술이 처음이라 입원과 병실 모두 어색했다. 한숨 자고 일어났는데도 현실감이 없었다. 아랫배의 통증은 완화된 듯했지만 몸에 힘이 들어가지 않아서 움직이기가 힘들었다.

엄마가 의자에 우두커니 앉아 있는 모습이 보였다. 그사이 엄마는 조금 늙은 것 같았다. 아기가 태어났으니 나는 엄마가 되었고 엄마는 할머니가 되었다. 그동안에도 엄마는 가끔 할머니라고 불렸지만 첫 손자가 생겼으니 진짜 할머니가 되었다.

다른 가족들은 아기를 본 뒤 늦은 점심을 먹으러 갔다고 했다.

"나는 입맛이 없어서……. 밥이야 늘 먹는 건데 한 끼 안 먹으면 어떠냐."

내가 금식하는 동안 엄마도 같이 굶으려는 게 뻔했다. "나는 주사로 영양을 공급받잖아"라고 해도 아침을 많이 먹었다는 둥 소화가 안 된다는 둥 하며 핑계를 댔다.

"엄마, 아기 봤어?"

"보고 왔지. 아주 잘생겼더라."

내가 자고 있어서 이따 의사 선생님이 데리고 올 거라고 했다. 오늘 태어난 아기가 한 명뿐이라 다들 잘 보살펴주고 있으니 걱정 말라고 했다. 통증이 참을 만해지자 아기가 궁금하고 보고 싶어졌다. 초음파 사진과 비슷하냐고 물으니 "더 잘생겼지, 아주 건강하고" 하며 웃었다.

점심을 먹으러 갔던 옆 사람과 동생이 돌아왔다. 그들은 3.8킬로그램으로 태어난 우량아의 얼굴이 어떻게 생겼는지 얘기해주었다. 초음파 사진으로 봤던 얼굴과 비슷한데 좀 더 남자답게 생긴 아기, 그게 공통된 첫인상이었다.

"아기 데려올 거라고 했는데 왜 안 오지? 내가 갈까?"

"내가 가볼게."

동생이 신생아실로 내려갔다. 엄마는 어쩐지 말이 없고 표정이 침울했다.

신생아실에 다녀온 동생이 저기, 하며 어렵게 입을 열었다.

"아기가 호흡이 가빠서 인큐베이터에 넣어야 할 것 같대."

뒤따라 들어온 의사는 아기가 과호흡증인데 내일까지 경과를 지켜보다가 좋아지지 않으면 큰 병원으로 보내야 할 것 같다고 말했다. 양수나 태변을 먹은 건 아니고 엑스레이로 봤을 때 폐에 이상이 있는 것도 아니라고 했다.

"심각한 상황은 아니에요."

의사가 내 어깨를 두어 번 두드린 뒤 나갔다. 잘 부탁드린다고 당부하는 것 외에 더 보탤 말이 없었다. 그제야 엄마가 조심스레 입을 열었다.

"아까 보러 갔을 때 아기 가슴이 심하게 오르내리더라고. 그걸 보는데 이상하게 불안한 거야."

엄마가 남들 몰래 금식한 이유였다.

아기를 낳으러 간다는 걸 아는 친척과 친구, 선후배 들의 안부, 축하 문자 메시지가 계속 도착하는데 아기의 상태를 정확히 알지 못해 아무 답도 할 수 없었다.

"기도할게. 별일 없을 거야. 내일 다시 올게. 푹 자."

염려와 위로의 말을 남긴 채 가족들이 돌아갔다. 옆 사람은 소파 베드에 누우며 "이놈은 우량아로 태어나서 왜 가족들을 걱정시키나" 하고 중얼거렸다.

"아무 일 없을 거야. 아주 건강해 보였어. ……이럴 때일수록 엄마가 힘을 내야지."

모두들 산모는 자둬야 한다고 했지만 나는 누운 채로 가습기에서 나오는 불빛을 바라보았다. 아까 아기를 보러 갔더라면, 아기를 보고 싶다고 말했다면, 하는 후회가 머릿속을 떠나지 않았다. 그 후회와 상실감은 살면서 지금까지 느껴봤던 것과 완전히 다른 질감의 것이었다. 옆 사람도 잠을 못 자는지 밤이 깊어가는데도 뒤치락거렸다.

텅 빈 상태에서 울음소리가 새 나가지 않도록 입술을 꼭 깨물었다.

안아주지 못해서
미안해

 큰 수술이 처음이라 누군가 규칙적으로 내 상태를 확인하러 온다는 게 어색했다. 간호사는 조심스럽고 친절했지만 내가 선잠에 빠지려 할 때마다 현실감을 일깨웠다.

 새벽에 주사를 놓으러 온 간호사가 아기 호흡이 많이 안정되었다고 전해주었다. 그 말을 들은 뒤에야 기절하듯 잠에 빠졌다. 아침 회진 때 의사가 특별한 이상이 없으면 저녁쯤에는 아기를 만날 수 있을 거라고 했다. 수술 부위도 염증 없이 깨끗하다고 했다.

 몇 시간 뒤면 아기를 볼 수 있을 거라는 희망을 품은 채 낮 시간을 보냈다. 조용했던 어제와 달리 하루 종일 분만이 이어졌다. 이동식 침대가 움직이는 소리, 신생아들의 울음소리가 엘리베이터와 복도를 타고 계속 올라왔다. 그 소리를 들을 때마다 저 아래 누워 있을 아기가 걱정되었다.

저녁 6시쯤, 병실에 온 의사가 아기를 대학 병원으로 보내야 할 것 같다고 얘기했다. 상태가 좋아졌다가 다시 나빠져서 이대로 조리원에 가는 건 위험하다고 했다. 지금으로서는 과호흡의 원인을 알아내는 게 중요하다고 했다. 지금 구급차가 오는 중이고 큰 병원에 가면 이런저런 검사를 받게 될 거라고 설명했다.

"입원해서 검사를 하면 결과가 나올 때까지 일주일 정도 걸릴 거예요."

의사는 차분하게 얘기했지만 나는 우느라 아무 대답도 하지 못했다. 몸은 좀 어떤지, 불편한 데가 없는지, 배와 허리가 많이 아프지 않느냐고 물을 때도 눈물만 쏟아졌다. 그 순간에는 나와 사람들과 세상은 사라지고 걱정하는 마음, 보고 싶은 마음만 남았다.

하필이면 다른 가족들은 저녁을 먹으러 가고 막냇동생만 옆에 있었다. 보호자가 동행해야 한다고 해서 어쩔 수 없이 동생이 담당 의사와 함께 구급차를 탄 뒤 출발하고 옆 사람이 뒤따라갔다.

병원에 다녀온 동생은 구급차를 타고 가는 동안 아기가 숨을 헐떡이느라 제대로 울지도 못하더라고 했다.

"그런데 축복아, 축복아, 부르니까 나를 가만히 쳐다봤어."

그 말에 우리는 모두 눈물을 쏟았다.

입원 수속을 밟고 검사 동의서를 쓴 뒤 아기는 신생아 중환자실에 입원했다. 호흡이 가쁜 건 폐에 물이 남아 있어서 그럴 수도 있고 바이러스 때문일 수도 있다고 했다.

옆 사람이 병원에서 찍은 아기의 사진과 동영상을 보여주었다. 인큐베이터에 누워 있는 아기의 맨가슴이 힘겹게 오르내렸다.

'아가, 한 번 안아보지도 못했는데 인큐베이터에 누워 많은 검사를 해야 하는구나. 운이 좋으면 우린 일주일 뒤에나 만날 수 있다는구나. 아가, 불쌍한 아가. 안아주지 못해서 미안해.'

병원에서 가져온 종이에는 아기에게 물릴 공갈 젖꼭지와 모유, 엄마의 냄새가 밴 손 싸개, 속싸개를 보내달라고 적혀 있었다. 옆 사람이 아기의 물건을 가지러 집에 다녀왔다.

"엄마의 냄새를 맡으면 아기가 안정을 느끼고 회복이 빨라집니다."

엄마의 냄새라……. 배 속의 아기가 기억하는 엄마의 냄새가 무엇일지 알 수 없었다. 나는 손 싸개와 속싸개를 몸에 붙인 뒤 그 위에 환자복을 입었다. 나에게 엄마 냄새라는 게 있다

면 부디 아기에게 잘 전해지기를, 그래서 빨리 호흡이 안정돼
서 만나게 되기를 간절히 바랐다.

지금은 우리가
멀리 있어도

　뉴스에서는 단풍이 한창이라고, 바람이 서늘해져서 다음 주에는 대부분 떨어질 거라고 보도했다. 시내 중심가와 고궁, 공원의 모습이 차례로 지나갔다. 가을의 풍경은 아름다웠지만 병실 밖에서 일어나는 모든 일이 나와 상관없고 의미나 감정을 만들어내지 못했다.

　의사는 빠른 회복을 위해 몸을 자꾸 움직이라고 했다. 기운을 내고 활력을 찾아야 한다고 독려했다. 나는 침대에 가만히 앉아 있었다. '회복은 해서 뭐 하나.' 나만 건강하면 견디기 더 힘들 것 같았다.

　축하 메시지를 보내던 지인들은 답이 없자 '무슨 일 있는 건 아니지?' 걱정이 담긴 문자를 보내기 시작했다. 나는 지인들

몇 사람과 친구 맺기를 하고 있는 SNS에 아기 소식을 전했다.

"……얼른 나아서 같이 조리원에 갈 수 있도록 응원해주세요. 다행히 전 건강해요."

후배들은 '아기가 낫길 바랄게, 응원할게, 기도할게, 언니 힘내요'라고 답했고 아이를 낳아 키워본 선배 엄마들은 '걱정마, 금방 나을 거야, 처음에는 그런 일이 많이 생기더라고, 다른거 신경 쓰지 말고 몸조리 잘해'라고 댓글을 달아주었다. 일일이 답을 달지 못해 인큐베이터에 누워 있는 아기 사진을 올리며 '응원해주신 덕분에 잘 이겨내고 있어요'라고 글을 남겼다.

옆 사람의 닦달에 링거 꽂이를 밀며 복도를 천천히 걸었다. 배에 힘이 들어가지 않아 구부정한 자세로 느릿느릿 움직였다. 병실 복도의 창으로 햇빛이 길게 드리웠다. 이 시간도 지나가겠지. 그런데 어떻게 지나가나. 오랜 시간이 흐른 뒤에 이 순간을 어떻게 기억하게 될까.

엄마와 아이와의 관계 속으로 천천히 들어가며 그 안에서 마음 아픔과 후회, 안타까움을 경험하는 게 아니라 한순간에 입수해서 코와 입으로 온갖 감정이 쏟아져 들어오는 듯했다.

옆 사람과 동생은 막 태어난 아기에게 피를 뽑고 링거를 꽂고 많은 검사를 받게 하는 게 좋을까 걱정하며, 심각한 게 아니면 그냥 이쪽 병원으로 데려오자고 했다. 어떻게 하면 좋을지 얘기를 나누고 있는데 C선배에게 전화가 왔다.

"SNS에 올린 글 봤어."

흉부외과 의사인 형부가 시간이 좀 걸려도 검사를 다 하는 게 좋다고, 뚜렷한 원인이 없을수록 더 무섭고 위험할 수 있다고, 좋은 병원에 갔으니 믿고 맡기라는 말을 했다고 전해주었다.

"지금 떨어져 있는 게 힘들지만 데려왔다가 나빠지면 더 큰일 난대."

회진 온 의사의 의견도 동일했다. 검사를 다 한 뒤에 아무 이상이 없다는 얘기를 듣고 데려와도 늦지 않다, 아기가 건강하니까 잘 이겨낼 수 있을 거라며 기다려보자고 했다. 옆 사람과 나는 손을 꼭 잡은 채 고개를 끄덕거렸다.

간호사들이 병실에 올 때마다 내가 밥을 먹지 않는다고 걱정했다. 끼니를 거르고 있다는 것조차 인식하지 못했다.

"이럴 때일수록 잘 챙겨 먹고 엄마가 힘내야 돼요."

그들이 내 손을 꼭 잡거나 등을 토닥이거나 이불을 덮어주고 나갈 때마다 울컥했다. 나는 눈물로 만들어진 인간이 된 것 같았다.

가슴의
쓸모

    수업이 있는 날을 제외하고 옆 사람은 매일 오전과 오후에 아기를 보러 병원에 갔다.

    아기를 만나지 못하는 나보다 아침저녁으로 30분씩 아기를 보고 오는 그가 더 힘들 거라는 생각이 들었다.

    면회 갈 때마다 자는 모습만 보고 왔는데 처음으로 안고 분유를 먹여봤다며 동영상을 보여주었다. 나에게 보여주고 싶어 간호사에게 찍어달라고 부탁했다는 것이다. 아기는 옆 사람의 팔 안에 쏙 들어올 정도로 작았고 분유를 먹는 동안 가끔 제 아빠를 쳐다보았다. 나는 그 영상을 여러 번 다시 보았다.

    "근데 그거 가져갈 수 있나?"

    옆 사람이 머리를 긁적거렸다.

"의사 선생님이 초유 유축한 거 보내라던데."

아, 그러고 보니 아기는 태어난 지 나흘이 되었는데 아직 초유도 먹지 못했다. 수술을 하면 젖이 늦게 돈다는 얘기를 듣긴 했지만 모유는 전혀 나올 기미가 없었다. 간호사에게 물어보자 식사 잘하고 몸이 회복되어야 모유가 잘 나올 거라고 했다.

"전문 마사지사의 도움을 받으면 수월할 거예요."

부랴부랴 검색해서 알아본 마사지사들은 주말이라 예약이 다 찬 상태였다. 망연자실해서 누워 있자 간호사가 가슴 마사지 방법이 인쇄된 종이를 가져다주었다. 따뜻하게 적신 물수건으로 찜질을 하고 인쇄물에 나와 있는 순서대로 마사지를 시작했다.

모유와 관련해서 엄마가 된 여자들의 마음은 이중적일 것이다. 사실 대부분의 여자들에게 가슴은 미디어에서 떠들어대는 것처럼 아름다움이나 여성스러움의 증표도 아니고 섹시하게 드러내고 싶다거나 자랑하고 싶은 부위도 아니다. 여자라서 기본적으로 장착하게 된 신체 부위일 뿐이다. 내가 아는 대부분의 여자들은 그 기본 옵션이 예쁘고 옷맵시를 살려주면 좋지만 살아가는 데 불편함을 주지 않으면 크게 신경 쓰지 않는 쪽이다.

나 역시 몸매나 가슴에 관심이 없는 채로 지내왔다. 그런데 모유를 보내야 한다, 아기에게 초유를 먹여야 한다는 미션이 떨어지자 이 기관의 역할이 새롭게 바뀌었다. 여자들은 임신, 출산, 육아의 과정을 거치며 자기 몸이 이전과 다른 형태로 변해가고 다르게 쓰인다는 걸 목도하게 된다. 그건 확실히 경이로움보다 놀라움과 혼란에 가까웠다. 시큰한 손목을 문지르며 마사지를 하고 나오지 않는 모유를 짜내며 누구나 언제든 산후 우울증의 문을 열고 들어갈 수 있다는 걸 감지했다.

처음
너를 안고

조리원에 들어가기 전에 병원에 들러 아기를 만나기로 했다. 아기를 보러 간다는 생각에 잠을 설쳤지만 몸은 가뿐했다. 병원의 면회 시간에 맞추려고 아침 일찍 실밥을 풀고 소독하고 퇴원 수속을 밟았다. 그사이 늦가을이 되어 아기를 낳으러 올 때 입었던 원피스와 트렌치코트를 걸치자 몸이 썰렁했다.

병원 밖의 세상은 오랜만이었고 소아과 병동은 처음이었다.

아기는 안대를 한 채 인큐베이터에 누워 자고 있었다. 3.8킬로그램, 52센티미터이면 큰 편이라는데 내 눈에는 작고 홀쭉해 보였다. 이름이 적힌 손 싸개를 하고 있는 아기를 쳐다보며 조용히 이름만 몇 번 불렀다. 간호사가 와서 안대를 위로 젖히자 아기가 얼굴을 찡그리며 움직였다. 입을 꼬물꼬물거리는 모습을 처음 보는데도, 일주일 동안 떨어져 있었는데도 자연스럽게 내 아기구나 하는 인식이 생겼다.

간호사는 아기가 배고픈 것 같으니 모유 수유를 해도 된다며 칸막이를 쳐주었다. 그 안에서 처음 아기를 안고 젖을 물렸다. 유축기로 짤 때는 아프더니 아기가 품 안에서 오물거리자 긴장감이 사라지고 기묘한 평화가 찾아왔다. 그 순간만큼은 모유 수유가 몸의 일이 아니라 영혼의 일처럼 느껴졌다. 아기를 품에 안고 있자 검사 결과도 좋고 별 이상 없이 회복도 잘 될 거라고 낙관하게 되었다. 그 마음이 어디에서 오는지는 알 수 없지만 우리가 건강한 모습으로 만나게 되리라는 느낌이 들었다. 헤어져 있던 기간이 없었다면, 낳자마자 안아보고 처음부터 모유 수유를 했다면 이렇게 애타며 그리움이 깊어지지 않았을지도 모른다.

누군가를 향해 이런 마음인 적이 있었던가. 한 톨의 의심이나 망설임 없이 무조건적이고 절대적으로 기울어지고 쏟아진 적이 있나. 간절하게 내가 다 사라져도 좋겠다는 마음을 품은 적이 있나. 아기를 낳기 전에 나는 옆 사람이 그런 존재라고 생각했고, 결혼 전에는 엄마가 그런 존재라고 생각했다. 그러나 그때도 그 마음에 불순물이 섞여 있다는 걸 알았다. 그런데 아기를 보고 있으니 상대적으로 짙었던 엄마와 옆 사람을 향한 마음도 조각에 불과했다는 걸 깨달았다. 아마 옆 사람도 이 일과 함께 그런 깨달음의 순간을 지나고 있겠지.

짧은 면회를 마치고 조리원에 가서 입실 절차를 밟았다. 침대 옆의 커다란 창문으로 한강이 내려다보이는 방이었다. 가을 하늘은 청명하고 한강은 잔잔하게 빛났다. 침대에 앉아 옆 사람이 찍어준 나와 아기의 사진과 동영상을 오래 들여다보았다.

체력
보충

　면회를 다녀온 옆 사람은 아기가 30분 내내 자서 물끄러미 쳐다만 보다 왔다고 했다. 내가 다녀간 뒤로 아기의 호흡이 안정되고 모유와 분유 모두 잘 먹는다는 의사 선생님의 말도 전해주었다. 우리는 손을 맞잡고 좋아했다.

　"그전에는 20밀리리터도 겨우 먹었는데 이제는 한 번에 40밀리리터씩 먹어서 보내는 게 모자라대."

　그 말을 듣자 모유에 대한 회의와 우울감이 저만치 물러났다. 밥 많이 먹고 힘내서 모유를 부지런히 만들어야겠다는 (밥 많이 먹는다고 양이 늘어나지는 않습니다만) 의지가 생겼다. 가족들에게 아기의 호흡이 많이 안정됐다는 소식을 전하자 다들 축제 분위기에 휩싸였다. 그 힘이 나를 둥그렇게 감쌌다.

오후에는 조리원과 연계된 한의사가 와서 진맥을 짚었다. 한의사는 맥을 짚은 뒤 나의 눈과 혀를 보더니 어디 아픈 데가 있느냐, 잠을 못 자거나 쉬지 못하느냐고 물었다. "괜찮아요, 아주 편합니다"라고 했더니 고개를 갸웃거렸다.

"산모님이 느끼지 못하는 것 같은데 몸이 많이 상하고 기력이 떨어진 상태예요. 지금도 그렇지만 나중에 고생할 수 있어요."

한의사는 몸 잘 챙기고 푹 자고 약도 거르지 말라고 했다. 그렇지 않아도 병원에서 모유 때문에 가슴 마사지를 하느라 손을 무리하게 썼더니 양쪽 손목과 손가락이 시큰거렸다. 아기 때문에 정신이 없어서 나도 수술을 하고 아기를 낳았다는 사실을 잊을 때가 많았다. 그러면서 손목을 움직일 때마다 앞으로 아기를 어떻게 안지, 보다 글을 못 쓰면 어떡하나 하는 걱정이 앞섰다.

진료가 끝난 뒤 조리원 원장님이 방에 왔다. 한의사가 걱정하기에 아기가 병원에 있어서 심신이 약해진 상태라고 말씀드렸다고(어른이 된 뒤로 이런 얘기를 들어본 적이 없습니다) 했다.

"검사 결과 나오고 별문제 없으면 아기가 퇴원한다고 했지요? ……이런 말 하면 지금은 이해가 안 될 수도 있지만 아기 없이 지내는 이 일주일이 앞으로 보낼 삼사 년 중에 제일 편한 시간이 될 수 있어요. 그러니까 푹 쉬면서 체력 보충해요."

면회 다녀온 뒤 아기가 좋아졌다는 얘기를 듣고 매일 면회를 가려고 마음먹은 상태였는데 원장님은 검사 결과가 나온 뒤에 움직여도 늦지 않다고, 이제 바깥바람이 많이 차다고, 아기는 앞으로 많이 볼 수 있으니 몸을 챙기라고 했다.

"그러면 나쁜 엄마 아닐까요?"

"좋은 엄마가 될 기회는 앞으로 얼마든지 많아요."

인생을 오래 산 분들의 충고는 대체로 비슷했다. 나는 조리원에서 지내며 일주일을 더 기다리기로 했다.

낯선
일상

아기를 낳은 지 일주일이 되었다.

어떤 일주일은, 그리고 인생에서 보낸 대부분의 일주일은 의식하지 못하고 특별한 인상을 남기지 않은 채 흘러갔지만 10월에서 11월이 되는 이 일주일은 하루하루 생생하고 생경하게 지나갔다.

새벽에 조리원 침대에 기대앉아 이어폰을 꽂고 심야 라디오를 듣고 있으면 기분이 이상했다. 나는 여기 있는데 무언가가 옆으로 휙휙 지나가는 것 같기도 하고, 모두 그대로인데 나 혼자 어디론가 떠밀려가는 것 같기도 했다.

나는 밥을 잘 챙겨 먹었고 간식도 남김없이 먹었다. 규칙적으로 모유를 유축해서 아기에게 보냈고 책을 읽다가 드라마를 보고 낮잠을 잤다. 더디긴 했지만 살도 조금씩 빠졌다. 임신 중에는 살이 빠지지 않을까 봐 걱정을 했는데 자연스럽게 우선순위 밖으로 밀렸다.

조리원에 혼자 있다는 걸 알게 된 동생들, 친구들, 동료들이 낮과 퇴근 시간에 잠깐씩 놀러왔다. 1층 카페에 앉아 따뜻한 음료를 마시며 두런두런 얘기를 나누고 있으면 무엇이 현실이고 무엇이 일상이고 무엇이 몸조리의 날들인지 혼동되었다. 그들은 작정하고 온 듯 나에게 재미있는 얘기를 해주었고 내가 많이 웃으면 안심하고 돌아갔다.

아기를 낳고, 아기가 아파서 입원하게 되면서 예전보다 가족과 관계에 대해 더 많이 생각하게 되었다. 걱정이 밀려올 때마다 그들이 나눠준 따뜻함과 각별함을 꺼내보았다.

오늘의
좋은 소식

조리원에서의 일상은 규칙적이면서도 잔잔하게 흘러갔다.

아침을 먹고 나면 나는 책을 읽으며 옆 사람의 방문을 기다렸다. 옆 사람은 오전에 '소설 쓰기' 수업을 하거나 아기의 면회를 다녀온 뒤 조리원에 왔다.

그는 뉴스 앵커처럼 매일 새로운 소식을 전해주었다. 오늘 수업한 소설은 뭐였고, 드디어 아래층의 인테리어 공사가 끝났고, 소설 쓰는 H언니가 보내준 기장미역이 도착했고, 새 책도 몇 권 와 있다고 했다. 그런 다음 그날의 아기 사진이나 동영상을 보여주었다.

주된 방문 목적은 모유 전달이지만 우리는 조리원 응접실에 앉아 달라진 아기의 모습과 먹는 양의 변화에 대해 얘기했다. 창밖을 내다보며 바깥의 날씨와 단풍이 든 세상이 얼마나 예쁘게 알록달록해졌는지에 대해서도 얘기했다. 그가 전해주는 사소한 얘기들이 재미있어서 나는 "또? 다른 소식은 없어?" 하고 물었다.

"아, 이분이 만족을 모르네."

그는 빙긋 웃더니 아기의 호흡이 많이 안정되고 황달기도 가라앉아서 퇴원이 하루 앞당겨질 예정이라고 했다.

"이게 오늘의 좋은 소식이지."

나는 환호했고 우리는 얼싸안은 채 서로의 어깨를 토닥였다. 아기가 오면, 이라는 가정 아래 몇 가지 기분 좋은 상상을 했고, 혼자 지낼 시간이 얼마 남지 않았다는 생각에 마음이 조급해졌다.

2013년은 3월에 임신을 확인한 뒤 아기와의 만남을 향해 달려온 시간이었다. 다른 건 창밖으로 지나가는 풍경과 같았다. 아기가 오면 우리 세 사람은 다른 곳으로 나가게 되겠지. 우리에겐 같이 지낼 시간이 많으니까.

아기에 대한 얘기를 했을 때처럼 내년에 쓰려고 계획하고 있는 소설에 관한 의견도 나눴다.

"그건 아니지. 이 사람이 감을 잃었네. 그 부분은 좋아."

같이 소설의 사건이나 인물 얘기를 하는 동안에는 이곳이 조리원이라는 것도, 분홍색 산모복을 입고 있다는 것도 잊었다.

너와 다시
만나는 날

아기가 퇴원해서 오기로 한 날, 일찍 일어나 샤워하고 전신 마사지를 받았다.

소식을 접한 조리원 관계자분들이 축하와 격려를 보내주셨다.

아기를 낳은 뒤 눈물이 많아져서 "아기가 오니 얼마나 좋아요, 아팠던 아기들이 더 건강하게 자라더라고요" 이런 말을 듣는 것만으로도 울컥했다.

오전 내내 의자에 앉아 창밖을 바라보았다. 조리원에 들어온 뒤로 청명한 가을날이 이어졌는데 유난히 하늘이 높고 뭉게구름이 예뻤다. 멈춘 듯한 파란 하늘과 고요한 한강을 보고 있자니 이토록 지극한 설렘은 오랜만이구나 싶었다. 그리고 두 개의 기쁨이 닿아 있다는 듯 쓰고 싶은 단편소설의 장면들이 떠올랐다. 1년 동안 장편소설을 썼더니 짧고 강렬한 글이 쓰고 싶어졌다. 자연스럽게 어떤 인물과 상황이 떠올랐고 문장이 흘러나왔다. 노트에 그 문장들을 휘갈겨 써놓고 혼자 좋아했다.

아기는 가족들과 함께 도착했다. 병원에서 보았을 때보다 더 예뻐졌고 몸도 무거워진 것 같았다. 자고 있는 아기를 받아 안자 몸과 마음이 묵직해졌다.

가족들이 돌아간 뒤 본격적인 모유 수유가 시작되었다. 집에 돌아간 뒤에도 계속해야 하니 주위 사람들은 너무 욕심 부리지 말라고 했지만 못 만났던 열흘 남짓한 시간 때문에 최선을 다해야겠다고, 그러고 싶다고 생각했다. 그게 마음의 빚을 갚는 길인 것 같았다.

육아의
원칙

조리원에서는 반쪽짜리 육아를 하지만(돌이켜보면 10퍼센트 정도밖에 안 되는 것 같기도 하다) 신생아 육아의 원칙은 같다.

아기가 배가 고프다는 신호를 보내면 엄마가 간다. 어떤 방법으로든 배를 채워준 뒤 재운다. 아기가 자는 동안 엄마는 끼니를 해결하거나 잠깐 휴식을 취하고 밀린 잠도 잔다. 그 사이에 아기는 다시 배가 고파진다. 그리고 이 일들의 무한 반복.

하루는 아침, 점심, 저녁이나 출근, 점심시간, 퇴근 같은 시간표에 맞춰 흘러가지 않고 모유 수유를 하는 시간과 그렇지 않은 시간으로 나뉜다. 이것 다음에 저것이 올 뿐 퇴근하면 끝난다거나 밤이 되어도 끝나지 않는다. 신생아는 밤에도 두세 시간 간격으로 깨서 배고픔을 호소하기 때문에 산모는 통잠을 자기 어렵고 쪽잠을 자면서 대기하는 경우가 많다. 좋은 점은 아기가 가만히 누워 있고 먹는 시간 외에는 계속 잔다는 것 정도일 것이다.

시간 맞춰 수유한 지 사흘 만에 나는 수유 쿠션을 두른 채 꾸벅꾸벅 조는 지경에 이르렀다. 그러면서 조리원 원장님이 했던 말을 온몸으로 이해했다. 이제는 일주일 전으로 돌아갈 수 없겠구나.

하루에 두 번, 신생아실을 소독하는 시간에 아기는 엄마의 방에서 같이 지냈다. 나는 아기가 오기 전에 동요를 틀어놓고 기다렸다. 자발적으로 동요를 찾아 듣는 건 30년 만인 것 같았다. 아기는 신생아용 침대에 누워서 입술을 오물거리거나 주먹 쥔 손을 움찔거렸다. 그 모습을 보고 있으면 인간의 아름다움이 거기에 다 모여 있는 듯했다. 뽀얗고 보드라운 살결, 긴 속눈썹, 촉촉하고 따뜻한 입술, 순한 냄새와 숨소리.

이 아이가 내 배 속에 있던 아이라는 게 잘 믿기지 않았다. 내가 살과 뼈와 피가 있는, 살아 움직이고 키와 몸과 생각이 자라는 사람을 낳았다니. 바로 눈앞에 있는데도 실감이 나지 않았다. 첫 책이 나와 실물로 접했을 때도 기분이 이상했지만 그때와는 비교할 수 없을 만큼 감정이 복잡해졌다.

아기가 조리원에 온 뒤로 내가 사진 담당이 되었으므로

('오늘은 어땠어? 아기 사진 좀 보내봐' 하는 가족들의 메시지가 하루에도 몇 번씩 도착했다) 자는 아기의 모습을 동영상으로 촬영하기도 하고 사진으로 찍기도 했다. 매일 조금씩 달라지는 것 같기도 하고 어제와 오늘의 모습이 똑같은 듯도 했다. 얼른 컸으면 좋겠다는 마음과 이 모습을 오래 간직했으면 싶은 마음이 공존했다.

초보
엄마

아이 엄마들과 얘기하다 보면 조리원에서 보낸 출산 초기가 우울했다는 사람과 그때가 제일 편했다는 사람으로 나뉜다. 그들은 모두 조리원은 좀 무리를 해서라도 편하고 좋은 곳으로 예약해야 한다고 입을 모았다.

혼자 지낸 일주일 때문이었는지 나에게 조리원은 도심 속 호텔 같은 이미지로 남았다. 아기가 온 뒤로는 책을 읽거나 창밖을 내다볼 여유도 없이 침대에 쓰러져 자기 바빴지만, 문만 열고 나가면 나를 도와줄 분들이 있다는 사실은 큰 위안이 되었다.

집에 돌아갈 날이 다가오자 실전 육아를 담당해야 한다는 압박감이 온몸으로 퍼져나갔다. 부담감은 이런저런 통증을 유발했다. 가슴이 단단하게 뭉치고 기다렸다는 듯 수술한 부위가 당기고 아프기 시작했다.

그동안 방에 오면 잠만 자던 아기가 계속 입을 오물거렸다. 혼자서 다 해본다는 심정으로 모유 수유를 하고 트림을 시키기 위해 안은 뒤 등을 쓸어주었다. 그러나 아기는 트림 대신 먹은 걸 다 토해버렸고 싸개며 조리원복 앞섶이 다 젖었다. 가제 수건으로 아기의 입가와 목을 닦아준 뒤 침대에 눕혔더니 이번에는 딸꾹질을 시작했다. 아기의 딸꾹질이란 얼마나 요란하고 절박한지 숨이 넘어갈 것 같았다. 모자를 찾아 씌웠지만 (머리를 따뜻하게 해주면 딸꾹질을 멈춘다고 한다) 도무지 멈출 기미가 보이지 않았다.

나는 아기를 안았다 침대에 눕혔다 하며 허둥댔다. 그 와중에 냄새가 나서 기저귀를 열어보니 응가까지 해놓은 상태였다. 염치 불고하고 청소 중인 신생아실로 갔다. 아기를 받으신 이모님은 능숙하게 기저귀를 갈고 물로 씻기고 트림까지 시키셨다. 그 모습에 안도하고 감탄하면서도 앞으로 어쩌나 싶어서 걱정이 밀려왔다.

모든 일이 그렇지만 육아는 시간과 교감이 절대적으로 필요한 일이다. 갓난 생명을 돌보는 일이므로 조심스러운 데다 수많은 변수를 품고 있다. 세상의 모든 엄마들은 저마다 막막함과 두려움에 직면한 뒤 가까스로 그것을 지나왔을 것이다.
나 역시 초보 엄마가 반드시 통과해야 할 상황을 지나는 중일
테고, 그렇게 생각해야 이 파도에 몸을 실을 수 있었다.

집으로
갑니다

신생아는 다 비슷비슷하게 생겼다고 생각했다.

백일 미만의 아기들은 성별도 구분되지 않고 월령에 따른 발달이나 특징도 가늠하기 어렵다고 생각했다. 조리원에서 지내는 동안 아기들을 자꾸 보고 관심을 가지니 고유한 얼굴과 표정과 버릇이 보이기 시작했다. 초보 엄마들은 울음소리만으로 내 아기가 우는지 아닌지 알아차릴 정도가 되었다.

우리 아기는 젖을 먹을 때 눈을 굴리는 버릇이 있었다. 무엇이 그리 궁금하고 보고 싶은 게 많은지 품에 안겨 있으면서도 열심히 두리번거렸다. 아기가 자신을 온전히 맡긴 채(그럴 수밖에 없으니까) 꼬물거리거나 하품하거나 잠이 드는 것을 보면 신기하고 감격스러우면서도 두려워졌다.

조리원과 연계된 스튜디오에서 신생아 사진 촬영을 하러 왔다. 사진사는 아기를 어르며 조심스럽게 셔터를 눌렀다. 왕관 모자를 쓴 아기는 인형 옆에 누워 얼굴을 찡그렸다. 옆 사람이 아기의 발을 두 손 안에 담는 컷도 찍었다.

낯설고 힘들 텐데 울지 않고 의젓하게 촬영에 임하는 아기를 보며 사진사가 "잘생겼다, 신생아 때 이런 이목구비 나오기 어려운데 또렷하다"며 칭찬을 했다. 이전에 만난 수많은 아기들에게도 한 말이라는 걸 알면서도 옆 사람과 나는 입이 헤벌쭉 벌어졌다.

우리는 원래부터 많은 사람들 중 한 사람일 뿐이었지만 더욱 그렇게 되었다. 아이로 인해 기뻐하고 아이 때문에 염려하고 아이와 관련된 일에 욕심을 부리고 포기하며 살게 될 것이다. 그 삶은 분명히 제약이 많고 경제적인 부담이 커지고 내가 축소되는 삶의 형태일 것이다. 그건 의심의 여지가 없었다. 거기에서 오는 고민과 좌절, 기쁨과 보람이 매일 매 순간 우리 곁에 머물다 지나갈 것이다. 그럼에도 불구하고 우리는 부모라는 인생의 문 안으로 걸어갔고 새로운 가족과 함께 걷기로 했다.

조리원에서 보내는 마지막 날, 나는 1층 카페에 내려가 다이어리를 정리했다. 얼굴을 포함해 전신 마사지를 받았고 아

기 엄마들과 모여서 만든 흑백 모빌과 컬러 모빌을 가방에 챙
겼다. 집으로 돌아가면 아기와 살아가야 할 진짜 생활이 기다
리고 있었다.

안녕,
여기가 우리 집이야

13년 차 결혼 생활을 돌아보면 자연스럽게 머릿속에 이사의 여정이 그려진다.

전세 계약 때문에 2년에 한 번씩 이사를 다녔는데 그 집들을 생각할 때마다 몇몇 공통적인 장면이 떠올랐다. 이사한 첫날과 처음 외출했다가 귀가한 순간, 그리고 이사 가는 날 짐을 다 실은 뒤 텅 빈 집을 돌아보는 순간.

이사한 집으로 퇴근할 때 낯선 역이나 정류장에서 내린 뒤 아직 익지 않은 길을 걸어 낯선 현관문을 열고 들어서는 순간 나는 매번 비슷한 기분에 빠졌다. 아직 우리 집이 아니지만 너무 우리 집이다. 방문이나 벽지, 창문처럼 집을 이루는 외장은 낯선데 그 안을 채운 가구와 물건이 우리가 쓰던 것이라 그런 기분이 들었다. 사는 시간이 늘어나서 내용물이 외관을 장악해갈수록 이질적인 느낌은 사라졌다. 물론 지저분해지면 어느 집이나 비슷해 보인다는 진리도 한몫했다.

한 달 만에 집으로 돌아와 침실을 보는 순간에도 비슷한 기분이 들었다. 1년 가까이 두 사람이 썼는데 범퍼 침대를 놓고 아기를 눕히니 우리 집인데 우리 집이 아닌 것 같았다.

나는 새 이불을 덮고 누워 있는 아기를 바라보았다. 아기도 이곳이 낯선지 눈동자를 좌우로 움직였다. 그러다 이내 흑백 모빌을 유심히 쳐다보았다.

'아가, 여기가 우리 집이야. 이제 여기서 잘 지내보자.'

아기의 가슴을 토닥토닥 두드리자 금세 잠이 들었다. 평화롭고 부드러운 공기가 방 안에 내려앉았다. 잘 지내보자고 중얼거리는 내 눈꺼풀 위에도 잠이 천천히 내려왔다.

나는 눈을 조금 붙였다가 일어났다. 아기가 자는 시간은 엄마의 자유 시간이라 자버리는 게 아까웠다. 책을 좀 읽다가 SNS에 접속해서 사람들 사는 모습을 구경하고, 잠든 아기 얼굴을 보았다. 아기가 온 첫날을 오래오래 기억하게 될 것 같았다.

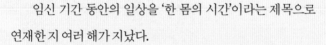

에필로그

임신 기간 동안의 일상을 '한 몸의 시간'이라는 제목으로 연재한 지 여러 해가 지났다.

출산 이후 병원과 조리원의 상황을 몇 꼭지 더 보태고 다듬으면서 개인적인 일정과 출판사의 사정으로 출간이 늦어졌다.

아이가 네 살인데, 다섯 살이 되는데, 내지 말까 싶은 마음이 여러 번 들었지만(최근 몇 년 동안 임신, 출산, 육아에 대한 책이 많이 나온 것도 출간을 망설인 이유였다) 쓴 것은 내는 것이 좋다는 주변 의견과 글 쓰는 사람인데 아이를 위한 책 한 권은 갖고 싶다는 개인적인 미련으로 여기까지 왔다.

아이를 키우던 몇 년 동안의 일상과 감정에 대해서는 후배 작가와 잡지 『보그』에서 나누었던 문답으로 대신하는 것이 좋을 것 같아 여기 옮긴다.

Q. 여성 작가로서 가정생활과 육아, 그리고 글쓰기를 함께 하는 것에 대한 시간적·장소적 제한, 그리고 육체적·정신적 어려움이 따를 텐데요. 여성이자 작가로서 겪는 이러한 문제들을 어떻게 극복해내시는지요?

A. 사춘기 때의 꿈은 글을 쓰는 독신주의자였습니다. 당연히 아이가 없는 중년과 노년의 삶을 보낼 거라고 생각했지요. 그런데 현실의 저는 글을 쓰는 꿈을 이룬 것 외에 전혀 다른 방식의 삶을 살고 있네요. 이따금 잠에서 깨면 현재의 모든 것이 꿈이 아닐까 의심이 들기도 합니다.

사람들이 가정과 육아, 소설의 삼각형에 대해 물을 때마다 저는 아이 없이 지내며 글을 쓰던 시절을 떠올리곤 합니다. 그때는 며칠 밤을 새워 책을 읽거나 글을 쓸 수 있었고 끼니를 거르거나 아무 때나 먹을 수 있었어요. 아이가 생긴 뒤로 저의 자유라는 건 대체로 누군가의 희생을 담보로 합니다.

그런데 시간이 부족하고 행동에 제약이 생기면서 예전보다 소설에 대해 더 많이 생각하고 쓰고 싶다는 열망이 더 커지는 걸 느낍니다. 내 시간, 나의 감정이라는 것에 대해 더 예민하게 반응하고 치열하게 쪼개어 쓰게 되었어요.

20대에는 청춘이나 젊음에 대해 사무치지 않지만 중년을 지나 노년에 도달하면 젊음의 귀함을 깨닫게 되는 것처럼, 삶과 생활에서 나의 지분이 작아질수록 그것을 확보하기 위해 더 노력하게 되는 것 같아요. 내 인생을, 시간을 마음대로 쓸 수 있다고 생각했던 때를(물론 그때도 돈과 일에 매이긴 했지만요) 지나니 시간을 훨씬 더 밀도 있게 사용하게 되었습니다.

어떤 때는 아이가 너무 예뻐서 심장이 녹아내리는 것 같고, 어떤 때는 자기 뜻을 주장하며 움직이는 아이가 낯설어서 물끄러미 바라보게 됩니다. 이 인생의 아이러니를 어떻게 설명할 수 있을까요. 실제로 이 생활이 꿈이 아닐까 의심하는 순간은 줄어가고, 예전으로 돌아가고 싶다는 바람도 점차 사라져갑니다. 어쨌든 이 삼각지대 안에서 좀 더 잘해보고 싶은 쪽으로 마음이 확실히 기울었어요. 태풍의 가운데 들어오면 예상보다 잔잔하다는 걸 깨닫게 되는 이치라고나 할까요.

아마도 가정, 육아, 글쓰기를 함께함으로써 겪게 되는 문제점을 극복할 수 있는 방법은 없을 겁니다. 이것들과 함께 걸어갈 수 있을 뿐.

한 몸의 시간

초판 1쇄 인쇄 2020년 2월 20일 초판 1쇄 발행 2020년 2월 27일

지은이 서유미
펴낸이 연준혁

편집 2본부 본부장 유민우
편집 7부서 부서장 최유연
편집 김소연
디자인 조은덕

펴낸곳 (주)위즈덤하우스 미디어그룹 **출판등록** 2000년 5월 23일 제13-1071호
주소 경기도 고양시 일산동구 정발산로 43-20 센트럴프라자 6층
전화 031)936-4000 **팩스** 031)903-3893 **홈페이지** www.wisdomhouse.co.kr

ⓒ 서유미, 2020

값 13,800원
ISBN 979-11-90630-55-9 03810

이 도서의 국립중앙도서관 출판시도서목록(CIP)은 서지정보유통지원시스템 홈페이지
(http://seoji.nl.go.kr)와 국가자료공동목록시스템(http://www.nl.go.kr/kolisnet)에서 이
용하실 수 있습니다. (CIP 제어번호: CIP2020007104)